T0023513

Una novela de éxito

NOVELA|Berenice

VICENTE MARCO

Una novela de éxito

Editorial Berenice
www.editorialberenice.com

Primera edición en Berenice: abril de 2022

Colección Novela

Director editorial: Javier Ortega
Maquetación: Alfonso Orti

Impresión y encuadernación:
Gráficas La Paz

ISBN: 978-84-18648-00-7
Depósito Legal: CO 161-2022

Impreso en España/*Printed in Spain*

A Carolina Huerga y en memoria de Enrique Tomás.
Ellos fueron en primera instancia quienes inspiraron esta obra.

Escucha mi relato, y cuando lo hayas oído, maldíceme
o apiádate de mí, según lo que creas que merezco.
MARY SHELLEY, *Frankenstein o el moderno Prometeo*

I

«¡Ah! No había mortal capaz de soportar
el horror de aquel semblante».
MARY SHELLEY. *Frankenstein o el moderno Prometeo*

No entraré en someras e irrelevantes descripciones de lugares o personajes y me limitaré a narrar solo eso que los jueces llaman «los hechos».

Comienzan una tarde cualquiera en la que un médico cualquiera alza unas radiografías cualesquiera, las observa al trasluz y luego dice «Está la cosa un poco regular», eufemismo con el que silencia el nombre de una grave enfermedad. Yo misma le pedí que así fuera. Fran nunca conocería el verdadero alcance del *eufemismo*, lo que me comunicaban los médicos en sucesivas visitas, a escondidas, entre pasillos atiborrados de gente somnolienta y ojerosa.

Le dieron la baja y seguía cobrando casi el mismo sueldo sin necesidad de pasar horas y horas en el taller de joyería donde trabajaba «jodiéndose la espalda», así que de repente se encontró con mucho tiempo. Ese tiempo que siempre había echado en falta mientras creaba la *gran novela de su vida*. Alta Literatura, con mayúsculas, la que originaría su… —así la denominaron los medios— *rutilante carrera literaria*.

Unos meses antes había recibido numerosas cartas de «su obra no encaja con nuestra línea editorial» y otras excusas similares, la había presentado sin éxito a premios en los que *un jurado incompetente* no había estado a la altura para apreciarla como debía, y siempre he creído que las sucesivas derrotas, que le agriaron el carácter y le robaron poco a poco la jovialidad, fueron la causa que originó su mal.

Trabajaba yo entonces en una compañía de seguros. Una de esas impersonales compañías con oficinas franquiciadas repartidas por el mundo. Apenas unas semanas antes se había incorporado un compañero joven que, a todas horas, hablaba de libros, revistas, actos, eventos... Él fue quien, cierta tarde, tras varias conversaciones provocadas —porque entonces ya andaba ciega, muy ciega, con la idea de dar una gran alegría a Fran, una alegría que quizá fuera la última—, me facilitó un contacto. No un contacto directo sino del conocido de otro conocido, pero sí un buen contacto, eso dijo. Un contacto con teléfono y una voz al otro lado. Un contacto de una muy buena editorial, al menos de las grandes. Y aunque no revelar el nombre suene a falsedad, lo cierto es que Fran llamó y le pidieron un pequeño dosier. Lo preparamos durante toda la tarde. Debía contener el título, la sinopsis, su *currículum* literario, las motivaciones que le habían llevado a escribirla, el interés comercial y el primer capítulo. En total, nos ocupó trece páginas.

Pasaron las semanas y no hubo respuesta. Fran perdió unos cuantos kilos y la verborrea. Sus conversaciones se redujeron a fugaces «sí», «no», a veces sin palabras, solo moviendo la cabeza. Y pensé que aquellas últimas «sin noticias» lo habían sumido aún más en la desdicha, que se había resignado, y aquella era otra forma terrible, más terrible, de morir.

Siempre me he preguntado acerca de sus aptitudes. Y no me siento capaz de juzgarlo con objetividad, más allá del «muchas cosas peores se han publicado», sin desprenderme de nuestros sentimientos compartidos. Pero que fuera apto o no, me traía sin cuidado. Habíamos llegado a un punto en el que la legitimidad resultaba trivial.

Llamé al editor desde mi oficina. Varias veces, porque siempre andaba ocupado, en reuniones, de viaje, y creo que pasó casi una semana hasta que al fin me atendió. Me pidió la novela entera y le solicité una entrevista. Se mostró algo reacio. No se negó a recibirme, pero avisó de que no podría influir en la decisión de un ente etéreo llamado *consejo editorial* o *comité editorial*, no lo recuerdo bien.

Quedamos más o menos dos semanas después en la sede de la editorial, que yo, en mi ignorancia, había concebido como un imperio que empequeñece a sus visitantes cuando recorren numerosos pasillos previos a la inmensa sala en la que aguarda el terrible editor, sentado a la mesa, al final, girado de espaldas. No es que lo pensara así de ese modo tan explícito, pero me di cuenta de que más o menos me había forjado una idea similar en cuanto me encontré frente a él en un despacho funcional y acristalado.

Me ofreció asiento. Jugueteaba con un lápiz Staedler entre las manos. Calculé que sería de mi edad, cuarenta y pocos. También le había atribuido en mi imaginación una elegancia de la que carecía, y no soy capaz de resaltar ahora, cuando intento rememorar nuestro primer encuentro, ningún aspecto que me llamara demasiado la atención, salvo los ojos mansos.

Consciente del valor de su tiempo, no quise robarle minutos innecesarios. Cuando empezó a decir aquello de «Hemos estudiado el dosier que nos remitió su marido y lamentablemente nuestra línea editorial…», espeté a bocajarro:

—Mi marido está enfermo. —El editor detuvo el movimiento del Staedler. Sin duda no esperaba algo así, de buenas a primeras—. Padece uno de esos cánceres que han pillado tarde. Y los médicos…, todos los médicos que hemos visitado, consideran que será un milagro si acaba este año con vida.

Pronunció varios «lo siento» y aguardó a que continuara.

—Su mayor ilusión, su única ilusión ahora, es que se publique la novela.

Tardó un tiempo en reaccionar. Dejó el Staedler sobre la mesa y abrió una carpeta azul. Pasó algunas páginas. Al fin dio unos golpecitos en la madera con el puño y me miró. Repitió que lo sentía. Añadió: «Mucho».

—Precisamente, como iba a venir usted, he agilizado los informes de los dos lectores.

Mostró entonces la hoja encabezada por el título de la obra. Un cuadro con anotaciones que no entendí demasiado bien salvo frases sueltas: «Escaso interés comercial», «Carente de un sólido conflicto», «Centrada en irrelevantes vivencias personales», «Confusa»... y señaló una casilla de apenas un centímetro al pie de la hoja. «Val. general» y debajo un «tres» y un «cuatro coma cinco».

—En estos momentos solo publicamos obras que, tras las primeras lecturas, superan el ocho y medio. Es nuestra apuesta literaria, pero cada editorial aplica un criterio en función de sus intereses.

Dijo «en función de» y recordé a Fran, protestando frente a la televisión cada vez que alguien lo decía. Ahora, uno de los adscritos al «en función de», hablaba de la baja puntuación de su novela.

—No puedo ir al consejo editorial con esta propuesta. Es que no sé… Lo lamento, pero…

Le pedí que no se compadeciera de mí. No más «lo sientos» ni nada por el estilo. No había dejado a Fran solo en casa para recibir «lo sientos». Ya sufría bastante con los míos propios. Los que me martirizaban día a día cuando me enfrentaba a él, al deterioro constante de su aspecto.

—Puedo pagar —dije.

Alzó las palmas de las manos.

—No hacemos autoedición. Nosotros no…

—¿Qué entiende por autoedición?

—Pues que, de una u otra manera, un autor corra con parte o la totalidad de los costes de edición.

Le dije que manteníamos algunos ahorros provenientes de nuestro trabajo, y dado que la salvación de Fran devenía imposible, estaba dispuesta a gastármelos para cumplir sus ilusiones.

—Pero eso es autoedición y ya le dije que...

—No. No me entiende. No quiero pagar la publicación. Quiero pagar por todo lo demás. Compraré los ejemplares que salgan a las librerías. Todos si hace falta. Y compraré las revistas. Y compraré las reseñas. Y compraré las entrevistas. Y compraré las buenas críticas.

«Y compraré, compraré y compraré…». Ahora me siento ridícula al reconstruir el diálogo a partir del recuerdo. Me veo allí, frente a aquel hombre exangüe, repitiendo el «compraré, compraré, compraré» como si fuera yo la poderosa, y no la gigantesca editorial.

Dio una palmada con la que, sin duda, intentó zanjar nuestra conversación. Dijo:

—No es mala idea para una novela.

Respondí con una frase rimbombante:

—No es mala idea para salvar a un hombre.

Seguramente pensó que no se trataba de salvarlo, sino de darle una última alegría o algo parecido. Sonrió.

—En serio. No funcionaría en la realidad. Es inviable. Una locura. No puede imaginar lo que costaría. Habría que organizar una red que se encargara de adquirir los libros en cuanto salieran al mercado. Una red de compradores que los adquiriera poco a poco... Y es imposible mantener en secreto algo así. A los cuatro días se habría enterado todo el mundo. El primero, su marido. Y nosotros saldríamos en todos los medios por montar una chapuza semejante.

—Usted no tiene que montar nada. La editorial no debe montar nada. Solo ha de publicar.

Se quedó callado un instante más.

—De verdad, es absurdo. Créame. Lo digo por usted. Y por mí, por mí también. Si propusiera una barbaridad como esta se echarían a reír o pensarían que se me ha ido la cabeza.

Se levantó para dirigirse hacia la puerta y como no me moví de la silla, resopló de nuevo. Habló más y más, hasta que dijo:

—Mire, voy a poner su idea «negro sobre blanco» y luego, cuando vea de qué estamos hablando, la analizamos, ¿de acuerdo?

Supuse de inmediato que pretendía desanimarme. Que comenzaría a evaluar los costes de distribución, el precio del silencio, de la faraónica estructura, hasta concluir en una cifra inalcanzable. Una cifra que me desalentara, me alejara sumisa y derrotada.

Salió del despacho y regresó al instante al lado de un hombre pequeño, inquieto, con gafas, al que presentó como contable. Le contó lo que yo pretendía. No mencionó lo del cáncer de Fran, así que, tras la explicación, el contable pudo soltar sin reparos una risa, coherente colofón a mi locura. Después se adentró en la hoja sin demasiado entusiasmo, bosquejó cifras y letras.

—Dilo, dilo en voz alta —le conminó el editor.

—Es que resulta un poco complicado. Habría que pagar a una persona en cada plaza. Por lo menos uno por provincia. Y eso… —El editor forzó una mueca de fastidio y me miró. Un gesto de satisfacción, de «Ya se lo dije, señora», que disfrazaba con aquel «No va a poder ser, qué lástima». El contable proseguía—: Si, además, añadimos anuncios, reseñas, distribución en lugares preferentes, la compra de los libros que…

El editor se impacientó con tantas explicaciones y con un tono de voz que demostraba su superioridad jerárquica sobre el contable, lo interrumpió.

—¿Cuánto, cuánto calculas, así, por encima, que costaría recomprar por ejemplo ocho ediciones? Porque menos de ocho… Vamos, di. No es necesario afinar. Bastará con una cifra aproximada.

Pensé que no harían falta tantas ediciones. Que, si entre una y otra mediaban por ejemplo dos meses, el tiempo de Fran se agotaría mucho antes. El contable se rascó el cogote, chupó el bolígrafo. Al fin, después de varias tachaduras y de repasar las sumas, escribió una cifra que rodeó con un cuadrado.

Aquella imagen ha quedado grabada en mi memoria como los distintivos con los que marcan a las reses y que perduran a veces en la carne dentro de las bandejas del supermercado.

Supuso una manera elegante de largarme. Me habría encantado replicar que el coste no importaba, que lo asumía porque no iba a permitir que Fran se marchara sin su regalo final, pero nuestros ahorros alcanzaban a lo sumo para cubrir las dos primeras ediciones y cuando se lo dije al editor de ojos mansos alzó las palmas de las manos y sentenció: «Con eso no tendrá el impacto que usted espera», lo cual ya suponía bastante argumento para convencerme, aunque de todos modos añadió: «Y aunque dispusiera de todo el dinero del mundo, el consejo no autorizaría la publicación sin que se cumplieran los estándares de calidad». Esta vez recurrió a los socorridos «estándares» y a la calidad, y recordé las evaluaciones de los editores y el ímpetu con el que Fran la había escrito, sus ojos chispeando sueños, la constancia, la seguridad de que estaba creando una obra maestra, la novela que ninguna editorial podría rechazar.

Anduve por la calle barruntando soluciones absurdas que llovían del cielo en un desesperado intento de apagar el fuego de la angustia. Algunas resultaban remotamente posibles. Como crear uno de esos grupos de *crowdfunding* en los que se expone el problema y la gente aporta donativos. Alcanzar la cifra pretendida parecía utópico, pero la principal dificultad en todos los casos, estribaba en mantener el secreto: no desvelar el destino de los fondos. Así que el camino de vuelta se me antojó larguísimo y arrastré el dolor de la impotencia hasta casa.

Cuando llegué, Fran se había acostado.

—¿Cómo te encuentras?

Y respondió:

—Así, así.

Con las sesiones de quimio, aparecieron los vómitos, los silencios. Poco a poco, la tristeza ocupó el rostro de Fran como esa capa de polvo que se deposita cadenciosa e invisible sobre los muebles. No era una tristeza provocada por la debilidad o el miedo a la muerte, sino por una derrota que no había imaginado.

Recuerdo aquellas noches mías de remordimiento. De impotencia. De locos devaneos, pensando en el modo de sufragar al menos las cuatro o cinco ediciones que lo hicieran feliz.

Solo el dinero me apartaba de su sueño. Solo el dinero. Entonces pensé que existía una solución para obtenerlo. En realidad, lo había estado pensando todo el tiempo sin reconocerlo. Una solución absurda, loca, pero una solución. Y cuando Fran muriese sin ver cumplido el sueño, yo no soportaría el remordimiento de no haberlo intentado todo. Durante dos semanas dolorosas di vueltas y vueltas a aquella idea disparatada. Poseíamos un bien valioso: nuestra vivienda. Sin hipoteca. Un bien que, si se materializaba, sumado a los ahorros, cubriría buena parte de la hazaña. Solo debía establecer las condiciones con el comprador. Fijar un plazo razonable de entrega. ¿Y después? ¿Después? Me marcharía donde fuera. Qué importaba el lugar. Un piso pequeño, de soltera. Aunque se encontrara en peor zona. Aunque no estuviera en muy buen estado. Aunque fuera mucho más pequeño.

Aunque.

Sin duda obré de manera impulsiva, eso me queda en el recuerdo, pero tardé una eternidad de *nuestro escaso tiempo* en llamar a mi prima Ester, que trabaja desde hacía años en una inmobiliaria, y supongo que se quedó bastante extrañada cuando le pedí una cita confidencial después de una década en la que no habíamos cruzado más de diez palabras, aunque hasta los dieciséis años habíamos sido *muy hermanas*.

Las malas noticias alcanzan lugares insospechados y Ester ya se había enterado de lo de Fran. Nos vimos al día siguiente por la tarde en su agencia. Antes de entrar, frente a la puerta de cristal repleta de fotografías de salones, cocinas, cuartos, escenarios de momentos íntimos traspasados, imaginé el instante en que Fran recibe la gran noticia de la publicación. Sus ojos al abrir la carta o al responder al teléfono. Esa energía recobrada, satisfecho ante el deber cumplido. Y cuando me lo cuenta: una explicación que se aleja de sus «síes» y «noes» de los últimos meses. De los malos gestos de ceño fruncido y los pequeños enfados provocados por la desolación.

Ester salió a recibirme tintineando un sinfín de pulseras, pero con los rollizos labios artificiales sometidos a la intriga de aquella cita inesperada. Había engordado bastante. Nada que ver con la rubia seductora de años atrás.

—¿Aquí dentro te va bien? —dijo señalando un despacho acristalado interior—. ¿O prefieres que vayamos a una cafetería?

Le dije que entráramos y nos reunimos en una sala pequeña, similar al de la gran editorial, semejante a las salas de mi trabajo que llamábamos peceras. Me ofreció un café y negué con la cabeza. Se bajó un poco la exigua falda al sentarse a mi lado.

—Ester, lo que quiero decirte es un poco complicado.

No sabía muy bien por dónde empezar sin que se me crispara el rostro y comenzara a dar un espectáculo allí dentro. No quería que eso sucediera por nada del mundo. Un espectáculo delante de ella, no por favor. Bastante espectáculo era la patraña que había preparado para justificar mis necesidades financieras: utilizaría el dinero en un nuevo tratamiento privado, carísimo, y le pedí que no lo contara a nadie pues, si se corría la voz, Fran acabaría enterándose y él no conocía la gravedad de su estado. También le dije que, aparte de mí, solo ella sabía la verdad. No se me ocurrió nada más ingenioso para blindar el secreto.

—¿Sería es posible encontrar un comprador que pague ahora y entre a vivir dentro de un año? Un año es el plazo que pido.

—Eso hay que pensarlo un poquito con calma.

—Ya, pero no puedo permitirme el lujo de la calma. Se me agota el tiempo, Ester.

Describí la vivienda de manera objetiva, muy inmobiliaria, ajena a lo que en realidad suponía, trozos de vida, emociones, la residencia que habíamos comprado entre los dos durante un largo noviazgo, la ilusión de la que solo quedaba ceniza, reducida a «sin cargas, cuatro habitaciones, dos baños, amplio salón comedor, terraza, cocina y galería, en total unos ciento treinta metros construidos, un quinto en un edificio de cinco plantas con ascensor y solo diez vecinos».

—¡Ah!, y con chimenea.

—¿Chimenea? ¿Con fuego? —Asentí—. ¿Y dónde… por dónde…?

—Un tubo sale a la terraza. La chimenea es de estas…, no sé si la conoces, de *pellets*.

Ester dijo «Sé cuáles son» y movió la cabeza como si supusiera un plus, aunque no le confesé que nunca había funcionado del todo bien, la casa se llenaba de serrín al cargar el depósito, y el techo de la terraza y la pared, y parte de la fachada se había tiznado con el uso.

—Puedes firmar una hipoteca invertida, en tu caso, sería mejor que la venta y...

—No. No está solo a mi nombre. Los propietarios somos Fran y yo. Y como dije, Fran no puede enterarse de la venta.

Ester alzó las cejas.

—Pero... ¿entonces?

—Por eso he venido a verte.

Ester suspiró.

—¿Estáis en separación de bienes?

—Sí.

De eso ya se había encargado Idelfonso, el Abogadísimo, el hermano mayor de Fran siempre tan pendiente de *nuestros asuntos legales*.

Se quedó callada, como si se le hubieran agotado las ideas. La sabiduría con la que había manifestado aquello de la hipoteca invertida.

—¿No tienes otra propiedad?

—¿Crees que si la tuviera estaría aquí, Ester, hablando de mi vivienda?

—¿Y el piso de tu madre?

—Lo vendimos cuando murió. De ahí sale una parte de los ahorros. Y no es suficiente.

—Pero que cuánto necesitas.

Solté la primera cifra que me vino a la cabeza. Una barbaridad. Ester dijo:

—Joder, esos tratamientos son carísimos siempre. ¿Y es fiable? Porque hay mucho timo.

—Fiable no hay nada. Es un tratamiento, un tratamiento experimental.

—Pero de un doctor, de un hospital, nada de seudociencia.

Por un momento me recordó a la Ester de nuestras reuniones plagadas de apretones de manos y de «cuéntamelo todo».

—Es un doctor. Pero prefiero no hablar de eso.

—Solo te digo que lo que no puede hacer es abandonar el tratamiento oficial, eso lo tienes claro, ¿verdad?

—Lo han desahuciado. No existe tratamiento oficial que valga, Ester. Esto es solo la última esperanza. Una esperanza remota para no rendirme ya y sentir el peso futuro del remordimiento.

Como no pareció ocurrírsele nada sensato, habló del precio de venta, algo más bajo de lo que yo había supuesto para un piso de cuatro habitaciones situado en una buena zona.

—El problema —dijo al fin, antes de despedirnos— es... es encontrar a alguien que quiera pagar ahora el precio con un documento en el que solo conste tu firma, supeditado a una futura decisión de Fran que no sé cómo vamos a justificar, porque, ¿y si cuando pasa el año se niega a vender?

Yo sabía que, por desgracia, eso no sucedería. Negarse. Ojalá. Pero en mi verdad a medias suponía algo posible.

—¿Entiendes?

Perfectamente. ¿Cómo no iba a comprender la dificultad que entrañaba realizar la venta en tales condiciones?

—¿Y si vendo solo mi parte?

Tras una pausa en la que colocó las manos sobre las mías dijo:

—No te digo que no pueda ser, Victoria. Pero es muy difícil. Porque ese comprador igual llega mañana que tarda cinco años o no viene nunca. Y, en cualquier caso, una mitad indivisa para que resulte atractiva debe tener precio de ganga.

Recuerdo que le pregunté, abatida, sin entonación:

—Entonces, qué hacemos.

No se trataba de la pregunta que correspondía a nuestra relación después de tantos años sin apenas saber la una de la otra. Ester hojeó distraídamente unos folletos de la mesa y dijo:

—Lo voy a intentar con un cliente de confianza, a ver si hay suerte.

Me marché de allí convencida de que no había solución y cuando llegué a casa, encontré a Fran muy mal. Pensé que el terrible momento previsto por los doctores se había adelantado.

Lo ingresaron. Empezó una etapa aún más dura. Entubado, se iba consumiendo en esa agonía que anuncia el inminente final. Nos turnábamos para atenderlo. La Tita y yo. A veces, cuando íbamos muy apuradas, hasta su hermano mediano, Damián, que más que ayudar molestaba.

El escaso tiempo para poner en pie mi idea supuso un lastre adicional. La venta, la edición, la distribución… Fran cada vez más triste. Más apagado. Los ojos sin mirada, pequeños, hundidos, tan hundidos...

Pasaron las semanas. El médico suspendió la quimio. Había llegado a un estado en el que debía recuperarse un poco o corríamos el riesgo de que no soportara una nueva sesión. Nunca había sido un hombre fuerte, ni grande, ni grueso, tampoco muy comedor, pero su delgadez extrema alarmaba a las visitas.

Entonces, en una de las tantísimas llamadas telefónicas de aquellos días a Ester, dijo que había encontrado al inversor.

—¿De verdad?

Solo debíamos solventar… un pequeño problema.

—El precio.

Ofrecía bastante menos de lo que habíamos considerado *valoración actual de la mitad indivisa.*

—Ya le he regateado. Esa es su última oferta. Si le subimos un poco, desiste. Pero por ese precio, esta misma tarde firma el contrato.

—Quieres decir que llevará el dinero y harás un documento.

—Lo he preparado ya. Te lo puedo enviar por *mail.*

Leí el PDF deprisa y corriendo en el pasillo, con un oído puesto en la habitación y la mirada en las enfermeras que circulaban arriba y abajo con el carrito. Seguro que Ester había dicho al inversor algo así como que necesitaba vender de manera urgente, incluso quizá para enternecerlo había acabado revelándole la historia secreta del pobre marido enfermo y el tratamiento salvador.

La llamé y al final de la tarde nos citamos.

Salí de la agencia con un cheque bancario y no puedo afirmar que me sintiera contenta, contenta no, pero sí con esa liberadora sensación que concede el deber cumplido.

II

> «Hoy me tiemblan las piernas y se me anegan los ojos ante el recuerdo; pero entonces me empujaba un deseo irresistible y casi frenético; parecía haber perdido por completo el alma y la sensibilidad, salvo para ese objetivo».
>
> MARY SHELLEY. *Frankenstein o el moderno Prometeo*

A la mañana siguiente, en las oficinas de la editorial, la recepcionista me avisó de que el editor no podía atenderme pues se encontraba *reunido*. Debí esperar más de dos horas hasta que salió con prisas, diciendo que solo disponía de cinco minutos.

—Seré aún más breve. Lo tengo.

Aguardó a que prosiguiera y como preferí guardar silencio, preguntó:

—¿Qué tiene?

—El dinero. Suficiente para funcionar durante un tiempo. —Metí la mano en el bolso y mostré el cheque bancario—. Esto es solo una parte. El resto se encuentra en una cuenta a plazo. Puedo retirarlo sin problemas cuando quiera.

—Pero qué… ¿En serio? —Alzó las palmas de las manos—. —Un momento, un momento, un momento… Quedó muy claro que el coste estimado no hacía más que refrendar la locura.

—Puede que sea una locura. Pero es mi locura. Y sería muy egoísta si no diera todo lo que tengo por llevarla a cabo.

Apoyó la mano en mi brazo. Dijo en tono paternalista:

—Escuche, entiendo muy bien qué pretende y es… es digno de alabanza, en serio. No he parado de pensarlo desde que usted vino. Pero… pero lo que quiero que comprenda de una vez es que no funcionará porque… todo el mundo se enterará. Incluso su marido. Entonces el remedio será mucho peor que la enfermedad.

Creo que no fue consciente del significado real de sus últimas palabras. Que las dijo porque hablaba mucho con frases hechas. Permanecí en silencio. Antes de llegar me había preparado para recibir la negativa. Había pensado lo que decir, pero en ese instante se me quedó la mente en blanco. No deseaba apelar al victimismo y, sin embargo, recurrí sin querer, no como un método para ablandar su corazón, el corazón de una gran empresa, el corazón de un imperio sin alma (S. A.).

—Usted es mi última oportunidad. Fran cada vez está peor. Incluso dándonos prisa, es posible que no lo vea. Dos meses, tres, lo que tarden en publicarla, me parecen ahora una montaña.

Miró el reloj sin verlo y resopló.

—No tenemos más tiempo. Me están esperando.

—¿Eso es que no me va a escuchar más? ¿Ni siquiera se lo va a decir a sus superiores? —Como permanecía callado, con su insolente cara de fastidio, proseguí—: Déjeme hablar con ellos.

—No serviría de nada. Le dirán lo mismo que yo.

Me encaminé a las sillas de recepción y dije antes de sentarme:

—Bien. Pues entonces los esperaré. No hay problema.

Conseguí arrancarle la promesa de que al menos lo propondría. Y salí de la editorial asida a una futura respuesta que intuí negativa, pero a la que me agarré con firmeza.

Más de una vez, en los continuos desvelos hospitalarios, amparada por la debilidad creciente de Fran y su ignorancia del mundo que lo rodeaba, pensé en contarle una mentira sin sustento real: que habían aceptado la publicación. Crear un contrato ficticio, pasárselo a la firma. Autoeditar cinco o seis libros con el sello falsificado de la editorial. Escribir reseñas, imitar la firma de prestigiosos autores, los pocos que él admiraba, la mayoría ancianos, insertarlas en una composición que emulara los principales periódicos y revistas literarias.

Me imaginaba recortando sus fotos y titulares con la cabecera de los diarios y pensé que antes de que se marchara, en el último aliento, si no hallaba otra solución, crearía el relato de la gran mentira.

Pero no fue necesario porque dos días después de la entrevista, me llamó una secretaria para citarme con un tal señor Rodrigo que me aguardaba al día siguiente en un despacho enorme —de los que impresionaban un poco más—, vestido con chaqueta y corbata, el pelo cano y no daré más detalles a riesgo de que algún lector avispado reconozca en él a uno de los poderosos mandamases del grupo editorial.

Me dijo que el editor le había transmitido mi propuesta y que le había conmovido. Pensé que tras aquellas palabras habría algún «pero» que amortiguase la alegría, sin embargo, repitió:

—No solo a mí. También al resto del consejo.

—Ustedes son mi última esperanza —dije para ponerle difícil la siguiente frase y que no fuera tan sencillo despacharme con una excusa.

Don Rodrigo entrecerró los ojos y asintió. Había entrecruzado las manos y las movía arriba y abajo, como una sola, cada vez que hablaba.

—Vamos a publicar la novela de Fran.

—¿En serio?

Sonrió con afabilidad.

—¿Tenemos otra alternativa? Ya nos han informado de que estaba dispuesta a pasar el resto de su vida en la recepción como le dijéramos que no.

Quise levantarme, abrazarlo. Descargar en sus hombros la tensión de los últimos meses, pero en vez de eso, me eché a llorar.

—Lo siento —dije. Y sentí cómo me ascendía el rubor por las mejillas. Me enjugué las lágrimas con un pañuelo.

—No pasa nada. —Esperó a que me repusiera un poco para preguntar—: ¿Mejor?

Suspiré varias veces sin mirarlo.

—Le estoy haciendo perder tiempo.

—No importa. Quería comunicárselo yo personalmente. No siempre podemos dar estas alegrías.

Metí la mano en el bolso y saqué el cheque.

—¿Se lo doy a usted o...?

Don Rodrigo me observó sin disimular un gesto de perplejidad.

—¿Qué es?

—Con esto agotaremos la primera y la segunda edición y puede que...

—No, no. No, guárdese eso.

—Y quién, quién, ¿quién comprará entonces los ejemplares?

Se rio.

—Los clientes, esperamos.

—Pero yo no necesito solo que se publique. Me refiero a que yo quiero que sea número uno de ventas.

—Y nosotros también.

—Quiero, quiero llevarle reseñas y más reseñas y que lo abrume la información de su libro. La publicación solo supone el primer paso.

Me puso la mano en el hombro.

—Créame. Ese es nuestro trabajo.

Con el tiempo me he acordado mucho de aquella frase engañosa. «Es nuestro trabajo». Ya allí, en aquel momento, desconfié un poco. Desconfié que realizaran la promoción necesaria para que supusiera un éxito. El éxito que yo necesitaba. Que Fran necesitaba. No un éxito cualquiera.

—Bien —abrió una carpeta y sacó varios folios—, hemos preparado un contrato de edición. Es un contrato estándar. No tiene ninguna particularidad. Los derechos son el diez por ciento y la duración siete años. Se lo lleva, lo estudia con calma, si quiere que alguien lo mire…

Hojeé el clausulado a vuelapluma mientras él continuaba hablando.

—Y enseguida nos ponemos en marcha. Bueno, en realidad ya hemos empezado a trabajar en maquetación, portada y en el diseño promocional porque anticiparemos la salida en la red, y lo colocaremos entre las próximas novedades, algo que solo hacemos en rarísimas ocasiones, tenemos ya la programación del año cerrada a bastantes meses vista. Pero en el caso de Fran, haremos una excepción.

Me encantaba la familiaridad con la que mencionaba el nombre de mi marido. Como si ya formara parte de su gran familia más que de la mía.

—No sabe cómo se lo agradezco.

—Dicho lo cual, lo único que nos queda es ver el modo en que le comunicamos a él la buena noticia, si usted desea que lo llamemos y cuándo.

Salí de la editorial con una sensación agridulce de victoria, abrumada ante el trabajo pendiente, pensando, además, en ese «dicho lo cual» con el que había concluido don Rodrigo y que habría provocado las airadas protestas de Fran. Lo recordé con sus ojos rebeldes, cuando aún no le habían diagnosticado la enfermedad, el cabello arisco y oscuro, el indómito pelo del bigote o la barba y el vivo color de cara que la gente atribuía a su excelente estado a pesar de la delgadez. «Eso todo es salud», le decían, y me hace gracia que, mientras escribo, acuda esa frase, que también él odiaba, como todo lo que ya estuviera dicho y redicho, porque aspiraba a la originalidad. Se pasaba el día repitiendo enojado lo que la gente no cesaba de repetir: «Como no puede ser de otro modo». «Me llama poderosamente la atención». «Si te ha pasado es porque tenía que pasar». «Una huida hacia adelante». «Reservar con antelación». «Se difundió a lo largo y a lo ancho». «Una imagen dantesca». «El tiempo pone a cada uno en su lugar». «La realidad supera a la ficción»… y vaya si la superaba, entonces yo no podía presagiarlo, no veía más allá del momento dichoso en que la maquinaria comenzara a funcionar, el momento en que le dijera: «Estás en el número uno de ventas, el número uno, Fran».

Llegué al hospital. Dormía. Nada fuera de lo común desde su ingreso, así que aguardé, escrutando los mínimos movimientos que delataran que despertaba.

Debí esperar casi dos horas, cuando llegaron las enfermeras para asearlo y cambiar la sonda y ajustar los goteros y darle pastillas y arreglar la cama y medirle la tensión y medirle el azúcar y comprobar la fiebre y preguntarle cómo se encontraba y darle más pastillas para no sé qué.

También vino el oncólogo con el resultado de las últimas pruebas y en vez de explicarme lo que ya me había explicado tantas veces, alzó un poco los hombros y las cejas en una obvia señal de impotencia en la que ya sobraban las palabras.

Me agarré a la edición como si poseyera el poder mágico de suspender el tiempo o exterminar las pesadillas. Quizá ya había asumido el dolor de la pérdida o me había metido tanto en el papel, que me costaba salir de él. Porque, en cuanto las enfermeras se marcharan, debía sacar la mejor de mis sonrisas y compartir una alegría que, quizá, fuera la última de su vida.

Las enfermeras salieron y entraron y volvieron a salir y a entrar y a salir, hasta que desaparecieron por fin. Entonces marqué el número que me había dado don Rodrigo.

Solo dije:

—Ya pueden llamarlo.

Cuando entré, Fran se había girado y miraba la ventana. Llovía. Rodeé la cama y me coloqué frente a él. Permanecía con los ojos cerrados, y su piel me pareció más amarillenta y él, más escrofuloso que nunca. No lo habían afeitado demasiado bien. Siempre había sido barbiespeso y le quedaban algunos rodales, sombras oscuras en el mentón y la barbilla. Le cogí la mano y me estremeció su frialdad.

Tardé un instante en escuchar *The man in me*, la canción de Dylan que anunciaba las llamadas en su móvil. Me levanté para acercárselo. Entreabrió con dificultad los ojos.

—¿Te pones?

Dijo que no con la cabeza. Descolgué. Al otro lado de la línea sonó la voz de alguien que no conocía y que, tal y como había acordado con don Rodrigo, me preguntó por Fran.

Respondí:

—¡Ah, de la editorial! Un momento. Un momento. Fran…, es de la editorial.

Lo había ensayado varias veces, pero no me salió natural, al menos con la naturalidad sin fingimientos que precisaba la ocasión y me sentí bastante ridícula interpretando el papel, con una impostura delatora.

A duras penas, Fran tomó el móvil. Respondió con réspices. Sin aliento. Y escuchó con atención, mirándome y retirando la mirada. No aprecié en él signo que delatara emoción alguna.

Concluyó con un «gracias» flojito y lo repitió antes —y ahora pienso que incluso después— de devolverme el teléfono.

Permaneció en silencio, rumiando la gran noticia. Yo esperaba una sonrisa que rompiera de una vez la amarga frialdad de su rostro. El arpón que abre la primera brecha en el compacto terreno helado. Quizá anduviera pensando cómo darme la noticia porque algo así no se podía contar de cualquier modo.

Pregunté:

—¿Qué?

No me miró y por un momento creí que sospechaba. Que estaba digiriendo la noticia desde el punto de vista del autor que escruta las ficciones. Temí una frase del estilo: «Lo has preparado tú todo». «Te conozco, les has llamado para que me lo dijeran». «Es mentira, es solo una última mentira porque el mundo entero sabe que voy a morir en unos días».

—Qué, Fran, ¿qué te han dicho?

Entrecerró los ojos. En teoría, la voz del móvil le habría comunicado *el entusiasmo de los editores por la originalidad de su novela* Si titila es una estrella *y por ese estilo propio que aporta frescura a la narrativa actual.*

Fran continuó en silencio. Solo al cabo de un tiempo que me pareció muy largo, respondió:

—Van a publicarla.

Di una palmada, un gesto de fingida alegría y forcé la voz para que se me notara contenta.

—Pero eso es fantástico, ¿no?

Giró la cabeza. Fui al otro lado de la cama.

—Fran, es una gran noticia. Es tu sueño. El anhelo que siempre has… has perseguido.

—…

—Lo que has buscado toda la vida. Toda la vida, Fran y por fin, por fin… ¡Lo has logrado! Una gran editorial. La más grande. Me siento orgullosa, orgullosa de ti. Lo mereces tanto…

El recuerdo inexpresivo de su rostro me lleva a la imagen de un cadáver. Lo besé en las mejillas, en la frente, en los labios, repitiendo aquellas frases de autoayuda.

—No me digas que no estás contento, ya verás cuando se enteren tus amigos...

—…

—Es genial, ¿no, Fran? ¿No es genial?

Entonces se echó a llorar, pero no de manera queda y silenciosa, sino con la rabia de un niño humillado en el colegio.

Casi pude leer sus pensamientos, recapitulando desde el instante en el que el doctor había dicho aquello de que la cosa estaba un poco regular hasta el momento presente en el que recibía la noticia de la publicación.

—Es una ironía.

Como seguí esperando a que hablara, pues me había quedado muda de repente, añadió:

—Toda la vida detrás de algo así, ¡y llega ahora! ¡Ahora! —Alzó la mano al cielo y gritó con los escasos bríos de su voz quebrada—. ¡Qué hijo de puta!

Y así continuó el resto de la tarde, rumiando con encono la idea, la misma idea, de mil maneras diferentes mientras el peso de la culpabilidad me apabullaba hasta casi la inconsciencia. ¿Cómo se me había ocurrido semejante estupidez? ¿Cómo había sido tan torpe? Y, sobre todo, ¿existía un modo de enmendar la torpeza o era ya demasiado tarde?

En algún momento interrumpí sus quejas para incluir en su atolondrado discurso aseveraciones tontas como «Tienes que mirar el lado positivo», «En el presente nadie conoce lo que es mejor ni peor», «Estoy segura de que mañana verás de otro modo las cosas», a las que reaccionó como si yo no estuviera.

Pasaron los días. De la editorial enviaron algunos mensajes reclamando la firma del contrato, incluso llamaron en varias ocasiones, pero no me sentí con fuerzas para responder. Fran seguía sumido en aquel sopor que solo abandonaba al comer o durante el aseo personal. Apenas hablaba, y el asunto de la editorial quedó soterrado en sus silencios.

Los análisis corroboraban la debilidad que delataba su aspecto, y aunque el doctor afirmaba que cuando empezaran a hacer efecto las vitaminas y los medicamentos, quizá remontara, todos sabíamos que se trataba de una guerra perdida. No siempre lo es, pero en el caso de Fran, la inminencia resultaba evidente. La muerte se encontraba ahí, tan cerca que no había modo de distraerla. No le podían aplicar el tratamiento porque no le quedaban fuerzas, por lo tanto, la enfermedad avanzaba como la mancha negra que dejaba la chimenea en el techo de nuestra terraza.

A diferencia de los oncólogos de las visitas públicas y privadas, el médico que le atendía en el hospital, no hablaba de plazos. Afirmaba que cada paciente era un mundo, pero su lenguaje no verbal descorazonaba a cualquiera.

Una de aquellas tardes monocromáticas, nos visitó el Abogadísimo, Idelfonso, hermano mayor de Fran que, desde la muerte del padre, había sido el faro de mi marido. No tomaba una decisión importante sin consultarle. Idelfonso vestía, se peinaba y olía como correspondía a su estatus. Se había casado con May, una hermosa mujer extranjera y vivían en un país lejano junto a sus cuatro hijos. Todo como de cuento. Siempre me había dado la impresión de que pensaba que yo era poco para Fran. Que él merecía más. Algo más que una simple administrativa inculta y poco agraciada. Su presencia, desde joven, me empequeñecía.

No enmudeció ni se achantó como el resto de visitas ante el deplorable estado de su hermano.

Supuso una instantánea resurrección para Fran, que abrió los ojos cuando escuchó su voz y extendió el brazo como una marioneta de hilos.

—Has venido…

—Ya me han dado la gran noticia. Nada más y nada menos que… —nombró a la editorial—. Eso sí que es una suerte.

—¿Tú crees? —mostró los cables que lo sujetaban al palo de los goteros. Y me pareció que un titiritero lo manejaba desde arriba.

El cáncer provoca numerosos virajes de ánimo entre las personas que cuidan al paciente. Quizá por eso, ahora al recordarlo, acuden a mí tantas veces palabras relacionadas con el mundo de las marionetas, ese guiñol con un solo director: la enfermedad. En el momento en que existe una mínima mejoría se nos desborda el optimismo pues necesitamos tanto los momentos en que desaparezca la pena y el miedo, que nos aferramos a la mínima esperanza para emerger a la superficie y boquear un poco el oxígeno de nuestra vida anterior.

—¿Y tú no crees que es una suerte? —preguntó jovial el Abogadísimo.

—¿Ahora?

—Pero ¿te piensas quedar siempre aquí?

Fran no respondió. El Abogadísimo no permitió que el silencio se espesara.

—Esto pasará, pero lo de la editorial es eterno. —Le dio un golpecito cómplice en el antebrazo—. Bueno, ¿y vas a contarme por fin de qué va esa novela que has llevado tan en secreto estos años?

¿Qué había escrito Fran? *Un ejercicio de metaliteratura*, decía, porque amaba la *metaliteratura*. Se le hacía grande la boca cada vez que pronunciaba *metaliteratura*. Para él la literatura a secas resultaba insuficiente.

Fran tosió, le di agua y dijo, con apenas aliento:

—De un escritor. Y como ese escritor en realidad soy yo, la novela es un ejercicio de autoficción.

—Quieres decir que yo salgo también, ¿no, Fran?

Asintió.

—Y la Tita y Damián, ¿no? ¿Por qué… por qué no le lees un poco?

Fran señaló con vaguedad su móvil. Fui a la mesita y se lo di. Entrecerró los ojos para trastear entre pantallas.

—¿Quieres tus gafas?

Negó con la cabeza y luego dijo:

—Sí. Mejor.

Se las coloqué, me pidió que le subiera la cama. Permaneció un rato toqueteando en el móvil con dificultad y, cuando estuvo a punto, me lo devolvió para que leyera.

> … Eran tres, pero Damián no contaba o contaba apenas. La Tita los ayudó supliendo a una madre que Fran no recuerda. Es triste, piensa, sobre todo en la ducha, la ducha estimula el cerebro, el contacto de la piel con el agua, los aromas, el vaho; existe algo más triste que no tener madre: no conservar sus recuerdos. Solo unas fotos borrosas en las que Fran no sale. Un vestido que ella siempre llevaba. La pulsera de plata que le regaló el abuelo. Los pendientes y las sortijas que traía el padre de la fábrica de joyería. Unos centímetros de voz en la cinta marrón del viejo magnetófono. Y el sonido de un sonoro beso, el beso grabado, ese beso que deja en la mejilla o en la frente a Idelfonso, que ya de tan pequeño —quizá solo cinco o seis años— discurre más que muchos adultos.
>
> Fran graba ese beso en una cinta de casete —y con el tiempo en un CD, y con el tiempo en un archivo de ordenador y con el tiempo en el móvil—. Nadie lo sabe, ni sus hermanos, ni tampoco lo supo su padre, ni la Tita muchos años después, y no lo sabrán hasta que publique esta novela, como una promesa. Solo entonces descubrirá al mundo que no se acuesta nunca sin escuchar el sonido de ese beso y que siempre dice, o piensa, «buenas noches, mamá», su modo de suplir los inexistentes recuerdos y cuando...

No seguí leyendo porque me interrumpió el sonido de un nuevo mensaje y me detuve sin querer —aunque luego agradecí mucho haberlo hecho—, así que Fran preguntó:

—¿Quién es?

—La editorial.

—¿Y qué quieren?

—Es para que firmes el contrato.

—¿Aún no habéis firmado el contrato? —preguntó Idelfonso.

Alcé la mano, abrí el armario y saqué los cinco folios que permanecían allí desde el primer berrinche, el día en que lo habían llamado para comunicarle la publicación. Se los entregué al Abogadísimo.

—Quería que lo vieras tú —mentí.

Idelfonso lo leyó en menos de un minuto

—Bueno, se podría negociar esto de los siete años de cesión… alguna cosilla más... Pero nos interesa firmar. De todos modos, los llamaré y así ya saben que estoy aquí. —Esta frase que entonces me pareció trivial después cobraría importancia. Una importancia desmesurada. A Fran se le quedó grabada, sin duda. Además, Idelfonso la repitió—: Los llamaré, sí. Y así marcamos camino para próximas publicaciones.

Era tan alentador aquello de las próximas ediciones, sonaba tan a futuro, que estoy segura de que a Fran le encantó. Idelfonso retiró el plato y la taza del desayuno de la bandeja anaranjada de todas las mañanas. Le dio la vuelta y colocó encima el contrato. Se metió la mano en el bolsillo y sacó una estilográfica plateada. Se la dio a Fran y mientras este, tras acomodarse, encajaba un trémulo garabato en cada hoja, el Abogadísimo le preguntó:

—Oye, ¿es verdad?

—El qué.

—Lo del beso por las noches.

Fran terminó de firmar y me pidió de nuevo el móvil y las gafas. Deslizó el dedo un par de veces por la pantalla hasta que surgió el sonido. Si no lo hubiera identificado previamente como un beso creo que yo jamás lo habría adivinado, pero como lo había dicho, me erizó el vello y la piel y también me entraron ganas de llorar un poco más, un poco más, un poco más, pero no del mismo modo a como lloraba todos aquellos días, sino de una manera diferente.

Supongo que algo parecido le debió suceder al Abogadísimo, porque soltó una de sus risotadas-escudo. No entiendo cómo era capaz de reírse con tanta autenticidad, de interpretar con semejante maestría su papel de *no sucede nada, todos estamos felices con el contrato y la publicación,* sin que se le escaparan rescoldos de pena porque, poco después, en los pasillos, se derrumbó anímicamente, lejos de la farsa, descompuesto el impecable traje gris marengo, también la corbata rosa, el rostro, hasta el peinado que tanto cuidaba. Y creo que ha sido la única vez en mi vida en que me pareció humano.

La única.

Aunque entonces yo aún no comprendiera bien hasta qué punto esta afirmación resultaría crucial en mi vida.

III

«El secreto que solo yo poseía constituía la única esperanza a la que me había consagrado».
MARY SHELLEY. *Frankenstein o el moderno Prometeo*

Transcurrió casi una semana. Fran y yo apenas hablábamos de la enfermedad. Pasó a un segundo plano. Cuando esto sucede, empiezas a vencer. Unos días estaba mejor y otros recaía por culpa de algún virus hospitalario, por el avance de la metástasis o por simple debilidad, lo aturdía la fiebre y se pasaba muchas horas seminconsciente, en silencio. Pero en sus momentos de lucidez imaginábamos la novela, la portada, el olor, el grosor, el tacto del papel, la tipología de la letra, la imaginábamos sobre las baldas principales de las estanterías en grandes y pequeñas librerías, en bibliotecas, en revistas, imaginábamos las presentaciones y hasta una gira… Se había acomodado ya no en la resignación funesta, sino en una tolerancia en la que solo importaba el presente. «Solo en el presente sabemos que estamos vivos.

Después vino la Tita y me relevó. La acompañaba Damián. Era la primera vez que su hermano, el mediano de los tres, acudía a visitarlo.

La Tita le dijo:

—Entra, no te quedes en la puerta.

Y él obedeció con pasos breves, como no queriendo pisar, las manos contraídas en el pecho.

Ella y yo nos quedamos un instante en el pasillo.

—¿Igual?

—Parece que un poquito mejor.

A eso se reducía muchas veces el parte. Aún estábamos allí cuando llegó el doctor y nos explicó que debíamos seguir el tratamiento en casa. No porque hubiera una notable mejoría, sino porque necesitaban las camas, y Fran ya se había recuperado de la debilidad que provocó el ingreso. Pero la enfermedad seguía su inexorable camino. Un médico lo visitaría en casa para ver su evolución y, si recaía, lo ingresarían de nuevo por Urgencias.

Supuso una noticia fantástica porque parecía que se reincorporaba a su vida normal, que el mal sueño había pasado. Nada más lejos de la realidad. Lo sabíamos. Bastó ver las dificultades con las que lo trasladaron a la ambulancia y lo que nos costó llevarlo hasta el ascensor —con ayuda de los dos camilleros, cargado con las bolsas de suero y las botellas de antibióticos—, y cómo lo instalaron en nuestra cama, que cambió de súbito su apariencia de descanso para convertirse en el lecho de un enfermo, con la parafernalia de los hospitales, el olor que nos habíamos traído y que nunca jamás conseguiríamos eludir. Un olor que se me quedó en la garganta y que regurgito algunas noches cuando me acuesto.

Le ocultamos el verdadero motivo por el que habían interrumpido la quimio. Le mentimos una vez más, en contra de la opinión del doctor, porque sabíamos que no lo asimilaría. Nos agarrábamos a una falsa *versión oficial*: que el tumor se había estabilizado, que repetirían pruebas en seis meses y que, mientras tanto, debía recuperarse y retornar a la vida normal.

Lo de la vida normal resultaba tan curativo... Esa vida normal que tantas veces habíamos despreciado. La insulsa rutina de quehaceres diarios se había convertido en un anhelo. Nuestro objetivo. Al pie de la cama, mientras lo velaba antes de que se sumiera en el sueño, navegábamos por las mansas aguas del recuerdo, sin rumbo ni destino, sin más pretensión que permanecer a flote. Cómo no nos habíamos dado cuenta de la hermosura que encerraba la simpleza del día a día es algo que solo se comprende cuando surge la amenaza de perderla.

Apenas unas semanas después se publicó *Si titila es una estrella*. Una hermosa edición con tapa dura y cuatrocientas diecisiete páginas. Fran dijo: «Esto ha sido tan rápido por Idelf, los ha llamado ya, seguro, si no, aún estaríamos esperando» y otras afirmaciones de ese estilo que fueron horadándome poco a poco, sin yo saberlo, metiéndose dentro de mí, envenenándome. Por supuesto también se lo dijo a él. De hecho, cada vez que hablaban se lo recordaba. «Si no hubiera sido por ti...». Pero aquellas tonterías no empañaban lo importante: la novela se había publicado. Nunca olvidaré sus ojillos pequeños y aviesos, escrutando cada detalle, sopesándola para constatar su existencia. Y cómo decía estupideces infantiles, ¡bromas!, provocadas por el entusiasmo del momento. Tan pueril. Tan adorable. Tan inocente. La abría por la mitad, hundía las narices entre las páginas. Leía fragmentos sueltos hasta que se le quebraba la voz. Más de una vez, la Tita o yo debimos darle agua porque no podía seguir, pero en cuanto se recuperaba un poco, continuaba con su ceremonia.

El doctor que lo asistía en casa, un hombre menudo y atlético, dijo que la novela le había sentado mejor que cien sesiones de quimio.

Pero no podía levantarse aún. Debíamos lavarlo en la cama. Realizaba sus necesidades allí, sin moverse. Suponía un ímprobo esfuerzo, no para él solo, también para nosotras, para la Tita y para mí. Porque Damián nos ayudaba muy poco. Solo en el «Levántalo», «Súbelo», «Coge de ahí».

Desde el inicio, se obsesionó con las ventas. La gente, sus amigos, le enviaban fotos de las librerías. La novela resplandecía en los estantes y él llamaba a menudo a la editorial para preguntar cómo iba. Era pronto para saberlo, pero insistía. Imaginé que estarían hartos. Aunque quién sabe, quizá no fuera el único. Muchos autores necesitarían conocer la acogida de su obra por los lectores. Al fin y al cabo, Fran no era un bicho raro. Solo un autor que acababa de publicar su primera novela.

Idelfonso nos visitó de nuevo poco tiempo después de que saliera publicada. Coincidió con la Tita y Damián y no hace falta que diga que su irrupción en casa trajo esa oleada de frescor purificante que estableció otros metros de distancia entre Fran y la enfermedad.

—¡A ver! ¡A ver la criatura!

Fue lo primero que dijo, como si en vez de visitar a un hermano moribundo, viniera a conocer a un sobrino.

Con desdeñoso orgullo, Fran la dejó sobre la cama. En realidad la alzó y la soltó, porque la novela no se apartaba nunca de él. Comía con ella, dormía con ella y pensé que también moriría con ella.

—Aquí está.

Idelfonso la tomó entre sus manos, la abrió para deleitarse con su olor y la hojeó con entusiasmo. Fran le dijo:

—No estoy del todo seguro de que no hayas tenido algo que ver. Que haya salido tan rápido… y una edición así…

El Abogadismo sonrió al tiempo que sopesaba la novela. Al parecer sopesarla se había convertido en algo muy importante. No me quedó claro si había llamado a la editorial o no. Ni el verdadero poder de su fuerza. Pero estaba segura de que el temor a que repitiera mis plantones en sus oficinas, los había incomodado bastante más. No es que deseara que me atribuyeran méritos. No buscaba méritos, por supuesto que no. Solo deseaba la felicidad de Fran, pero escucharlos ahí, regodeándose por el triunfo que habían conseguido ellos dos solos, después de tantas horas sentada en la recepción y tanto sufrimiento y tanto disimulo y tantas noches en vela, y tantas discusiones, me generaba un creciente malestar.

—Es mérito tuyo —dije—. La han publicado porque les gusta.

—Sí, pero… estas cosas… Bueno, yo sé a qué me refiero. —Miró a Idelfonso. Después comenzó a toser. Una de esas toses interminables que crean alrededor una tensa espera.

Ese día estuve tentada de hablar con Idelfonso. Contarle lo que había sucedido en realidad en la editorial. Tentada de confesar mis deseos de crear la red de compradores que catapultaría a Fran al éxito. Quién mejor que él para organizar algo así, porque si las ventas no llegaban, las buenas reseñas, las críticas… si nadie hablaba bien de la novela, Fran volvería a sumirse en el sopor y no habría forma de sacarlo, ya no, nunca más. Después de haber conseguido lo más difícil, lo que se me antojaba más difícil, quedaba la gran prueba: el veredicto del público soberano, el implacable juez que dirimiría si había valido la pena tanto esfuerzo.

Gracias a la paulatina mejoría de Fran, pude retornar al trabajo. La Tita me suplía algunas mañanas. Damián, cuando ella no podía y yo tampoco, esos días de malhumor aleatorio de mi gerente comercial, Germán.

Al salir de la oficina acudía a comprar por mi cuenta algunos ejemplares de *Si titila*. Los apilaba en el suelo de un trastero que alquilé para guardarlos. Había adquirido unos cien libros cuando me di cuenta de que ya no podía seguir comprando sin llamar la atención, sin que me preguntaran los libreros.

Me había metido en eso que llaman un callejón sin salida cuando en una de aquellas habituales visitas a las librerías, un chico de unos treinta años, acento sudamericano, aspecto bohemio, me preguntó:

—¿Está bien?

Me había sorprendido con tres libros bajo el brazo.

—¿Eh?

—La novela —ladeó la cabeza para ver el título—. ¿La ha leído?

—Sí… Sí. Claro que la he leído. Me llevo tres para regalarlas a unas amigas porque… les va a encantar.

La cogió y leyó la contraportada con un gesto que me pareció de escepticismo.

—Se la regalo —dije.

—¡Qué?

—Me apetece que la lea.

—La iba a comprar de todos modos.

—No importa. Así recordará este momento.

—Ah, bien. Si me gusta, la reseñaré en mi blog.

—La reseñará en su blog. Tiene un blog.

Debí de parecerle una idiota, allí enfrente, diciendo una obviedad tras otra. En vez de responder se metió la mano en la faltriquera del chaleco y sacó una tarjeta. Leí: http://www.señormunodi.com

—¿Es usted el señor Munodi?

Se rio. Se trataba de un personaje de *Los viajes de Gulliver*. Y lamenté mi ignorancia. Creo que hasta me ruboricé. Una idiotez, porque cómo conocer el nombre de todos los personajes de los libros. Menos aún de un libro que solo *había visto en película*, como decía una amiga de Fran cuando pretendía enojarlo.

—Si quiere le dejo mi número. Puede apuntarlo ahí mismo, en el libro. Me llamo Victoria.

Albergaba la secreta esperanza de que me llamara, de provocar una cita, de que ese blog supusiera la primera reseña auténtica que condujera a nuevas reseñas, infinitas, distintas a las protocolarias que habían aparecido con el lanzamiento en los medios, esas reseñas impersonales, vacías, copia y pega de la contraportada y que Fran detestaba.

No debí esperar mucho. Al día siguiente, Munodi me llamó. Con tal entusiasmo que me atreví a pedirle una cita. Quedamos por la tarde en una cafetería y pasé el resto del día dándole vueltas a lo que le iba a decir, pero cuando llegó la hora no sabía muy bien por dónde empezar.

Aguardaba con la novela entre las manos y no me cupo duda de que la había leído a conciencia porque el libro había envejecido años en solo un día.

—Mañana sacaré la reseña. Ya he puesto algo en Amazon y Goodreads. He buscado información del autor y apenas hay nada en Internet ni en bibliotecas, ni…

Antes de que adivinara más por su propia cuenta o preguntara: «¿Tú lo conoces?», lo que me habría desarmado, dije:

—Es mi marido.

Abrió los ojos mucho, tomó la taza y se reclinó en el respaldo.

—¡Vaya!

—Y está enfermo.

Se quedó a mitad, sin llegar a llevársela a la boca y la dejó de nuevo sobre la mesa. Hizo una mueca, y no dijo «Lo siento» ni nada por el estilo, se quedó solo en la mueca.

—Los médicos no se ponen muy de acuerdo, pero creo que todos coinciden en que no será muy largo. ¿Y sabes qué estaba haciendo yo en la librería? Me llevaba sus libros porque voy como una tonta por ahí comprando y comprando para que suban las ventas y poder decirle cada noche: «He pasado por la librería tal y ya solo quedaba uno, o por la librería cual y solo dos, del montón tan grande que pusieron». Y después me llevo los libros a casa y los meto en el trastero.

Munodi entrelazó las manos sobre la mesa. Supongo que no supo qué decir.

—¿Qué puntuación le pondrías si fueras editor y tuvieras que evaluarla?

—¿Qué puntuación? No sé. No me gusta eso de las puntuaciones.

—Ya. A mí, menos. Pero si la debieras puntuar, por obligación.

Como tardaba en responder, le pregunté:

—¿Un nueve?

Se quedó pensativo y asintió con la cabeza. No fui capaz de adivinar si había sido sincero, pero pensé: «Entonces tú la habrías publicado. Sin compasión». Dije:

—Todo lo que puedas hacer, no sé, con otros blogs, contactos, gente…, te lo agradeceré. Para Fran la editorial no lo está moviendo mucho ni bien. Sacan siempre el mismo texto. Impersonal. Necesito llevarle críticas, que vea que alguien habla de él, de lo que ha hecho, que lo alaben. Dejarle las revistas sobre la cama, que relea cien veces lo que han escrito. Si supieras lo que lo sana eso… No puedes imaginarlo.

—Sí. Sí puedo imaginarlo.

Se quedó callado y esperé a que hablara.

—Puedo facilitarte algunas personas que lo reseñen.

—Eso me ayudaría, pero en realidad, voy más allá, *señor Munodi*. No quiero solo cuatro críticas. Ni esas reseñas estándar que cabrean a Fran cada vez que las lee, tienen el efecto contrario al que pretendo conseguir. No. Quiero reseñas personales. Muchas. Y estoy dispuesta a pagar por ello.

—Lo que yo le decía era sin pagar.

—Ya lo sé. Pero necesito ruido. Mucho ruido. No me importa si se han leído la novela o no. Me basta con que parezca verdad y quiero las mejores revistas. Los críticos más influyentes. Y, además, necesito que lo mantengamos en secreto. Que nadie se entere. Porque si se entera Fran, si se entera…

No le hablé entonces de la red de ventas. Solo le pregunté:

—¿Podrías? ¿Podrías mover esto para que supusiera una explosión de ese tipo?

—Ahora puedo conseguir algo.

—¿Y después?

—No sé.

—¿En qué trabajas?

Se quedó un poco sorprendido y me dio la impresión de que se sonrojó.

—Bueno... voy haciendo cosillas aquí, allá.

—¿Cuánto cobrarías tú por hacer esta gestión?

—¡No cobraría!

—Yo quiero que cobres. Que lo tomes en serio. Si te parece bien, considera esto una entrevista de trabajo. Quiero que suponga un empleo para ti. Te pagaré porque necesito dedicación y una persona que conozca el suelo que pisa y que lo controle todo.

Se removió en la silla.

—¡Buf!

Me di cuenta de que lo había abrumado.

—Siento haber sido tan impetuosa.

—No, yo, yo la entiendo, y entiendo también que lo diga de manera tan…, ¡cómo no iba a comprenderlo!, es solo que… que no me lo esperaba. Y claro que la novela lo vale y por eso, por eso voy a ayudarla, me lo voy a tomar muy en serio de todos modos, sin cobrar.

—Lo de cobrar lo piensas con calma —dije y saqué el dinero que llevaba en ese momento, no mucho, pero tampoco una miseria, y lo dejé sobre la mesa—. De momento coge esto para gastos, por favor. Para moverte por ahí y por allá. O por si tienes que pagar a alguien.

Se quedó mirando los billetes y pensé que le hacían bastante falta.

—¿Necesitas algo más?

Carraspeó. Dijo que no con la cabeza y luego reflexionó:

—Bueno, sí, algunos ejemplares para enviarlos a determinada gente.

—Cuando quieras te traigo cinco mil.

Dijo que no le harían falta tantos. Me levanté y pagué los cafés. Al regresar, el dinero seguía en el mismo sitio. Me permití la licencia de coger los billetes y ponérselos en la mano.

—Gracias, Munodi, no puedes imaginar cuánto necesitaba encontrar a una persona como tú.

La reseña en la web salió al día siguiente con el encabezamiento: «*Si titila es una estrella,* un viaje al inexplorado universo de lo conocido». Esa frase, en concreto, le encantó a Fran. Aquel día no se encontraba demasiado bien. La noche anterior había padecido vómitos y dolor en el pecho, le costaba respirar. El médico le prescribió un aerosol y dejó preparado un parte de entrada en urgencias por si no mejoraba. No fui a trabajar. La reseña llegó a media mañana y aunque estaba adormilado cuando se la leí, conseguí arrancarle una sonrisa. Me tomó de la mano unas horas más tarde.

—Una reseña auténtica. Léela otra vez.

No fue una vez solo sino muchas. Creo que la aprendimos de memoria. Y cuando llegó la Tita, Fran había remontado un poco. Mantenía los ojos abiertos y lo primero que le dijo fue:

—Que te lea Victoria lo que dicen de *Si titila.*

Obedecí y, cuando terminé, la pobre mujer no pudo mantener la entereza, el reto que nos proponíamos cada vez que estábamos con Fran. Se le escapó un llanto silencioso delatado por un creciente moqueo que la obligó a sonarse varias veces. Y ello a pesar de que —tal y como reconoció en cuanto nos quedamos solas— no había entendido de la misa la mitad. Lo mismo me había sucedido a mí. Nos reímos un poco. Lamentó su absurda explosión emocional. Se había propuesto no derrumbarse nunca frente a él, se sentía culpable y volvió a llorar sin estridencias, cubriéndose la boca con la mano, repitiendo una y otra vez: «Seré tonta. Seré tonta…».

Nos abrazamos como nunca nos habíamos abrazado y como ya nunca nos abrazaríamos. Nos separamos de súbito para mirarnos a la cara y, aunque no hablamos, creo que nos apremió la misma obligación, algo así como «debemos regresar al teatro».

Tardamos en recobrar la compostura, enjugarnos los ojos, recomponer el rostro. Nunca es fácil. Menos aún si aprecias el esfuerzo de otra persona frente a ti. Es como mirarte en un espejo. Y aquella tarde, la Tita se convirtió en mi espejo. El llanto se contagia y debimos mordernos los labios para evitar una nueva recaída. Acallar mil veces la pregunta que siempre surge de una u otra manera, una pregunta que carece de respuesta y que ella dijo sin entonación, moviendo la cabeza de derecha a izquierda.

—Pero por qué.

Entonces acababa de cumplir —sin celebrarlo—, ochenta años y no podía presagiar que jamás asistiría al temido momento en que se marchara su pequeño.

Porque siempre fue su pequeño, el pequeño de los tres.

IV

> «Yo había trabajado denodadamente (…) con el único objeto de infundir vida a un cuerpo inanimado».
> MARY SHELLEY. *Frankenstein o el moderno Prometeo*

Las previsiones se cumplieron. Tal y como había anunciado Munodi, salieron las reseñas prometidas, las ventas aumentaron y el fluctuante estado de Fran viró hacia una ligera e insólita mejora.

La alegría retornó a la casa. Abrimos las ventanas, entró el aire y la luz, nos sentimos vivos, eternos, y nos pareció que la muerte se había alejado para siempre. Ya sé que contado de este modo y ahora, después de lo que habíamos sufrido solo unas noches antes, resulta ilógico, pero necesitábamos tanto algo así, que lo creímos por obligación, como si a fuerza de negar la realidad pudiéramos evitarla.

Fran dijo:

—A ver si este ya es el remonte definitivo.

Porque él aguardaba eso. El remonte definitivo. Quienes lo conocíamos y lo queríamos solo esperábamos el milagro.

En los días sucesivos, se encontró bastante estable, más fuerte para afrontar mareos, náuseas y dolores. Llegaron nuevas críticas. Munodi cumplía su trabajo con diligencia, pero se le acabaron los contactos y los amigos; o los amigos que le quedaban ya no eran tan amigos como para escribir una crítica laudatoria.

Una tarde después del trabajo, en lo que ya se había convertido en nuestro habitual café, dijo:

—Para hacer esto bien, deberíamos promocionar las ventas. Intentar que sea un número uno, de verdad.

Asocio el momento como una de esas ilustraciones *pin up* de chicas sonrientes con colores llamativos y grandes contrastes. La cafetería con su fondo claro, el suéter rojo chillón de Munodi. Y sonaba una música muy de los cincuenta. Munodi prosiguió:

—Conseguir que se venda masivamente en las librerías de todas las ciudades.

No me salían las palabras. Supongo que me quedé fingiendo una inocente sonrisa.

—Tengo dinero. Podríamos comprar al menudeo los libros como yo en la librería, pero en todo el país. ¿Eso sería posible?

Munodi se quedó mirándome, sin decir nada. Insistí:

—¿Sería posible?

Esa tarde volvimos a hablar de *estabilizar nuestra relación laboral.* Insistí en la necesidad de que el encargo fuera remunerado y pactamos un importe al mes, irrisorio para la dedicación que supuse de antemano, pero con el que pareció más que satisfecho. Después de cerrar el acuerdo —un pequeño triunfo personal—, no me cupo duda de que Fran sería número uno. Me embriagaba la sensación de que el mundo se había alineado para que así ocurriera. La aparición de Munodi. La conversación. Aquella idea suya de que debíamos promocionar las ventas. Incluso creí que Fran superaría la enfermedad, que el milagro sucedería. «A veces —había dicho uno de los primeros oncólogos—, los índices se estabilizan. No sabemos por qué, el proceso invasor se detiene o da una tregua larga, muy larga, una tregua que a veces dura tanto que el paciente fallece por otra enfermedad».

Cuando volví a quedar con Munodi unos días después, el entusiasmo con el que yo había acudido a la cita contrastaba con sus dudas. Sacó una vieja libreta de tapas marrones

—¿Imaginas cuánto puede costar eso que pretendes?

No le hablé de la estimación de la editorial. Tampoco vacilé al decirle, una vez más:

—Tengo dinero.

—No. No estoy hablando de... Estoy hablando de una cantidad que... —Mostró los cálculos. Se notaba que los había escrito allí para que los viera, como pasados a limpio, porque en el resto de la libreta abundaban números, palabras ilegibles, tachaduras.

Recortó la hojita con cuidado y me la dio.

—A medida que avancemos, no será necesario adquirir tantos ejemplares, porque de una u otra manera, nuestras compras provocarán las de terceros. Creo que existe en el mercado ese curioso efecto imitación que lo torna un poco burdo. Pero aun así... —Se quedó callado, pensativo. Señaló una hoja de la libreta donde había creado una tabla—. He calculado los costes de crear la red de compradores en la segunda columna. Y los desplazamientos y dietas en la tercera. Supongo que, para que funcione bien, y mantengamos el secreto, lo mejor es concentrarnos en pocos compradores y que vayan rotando por las librerías, así no levantaremos sospechas. También que realicen pedidos por Internet. No resultará fácil controlar esto. He calculado en la cuarta columna los costes de retorno de los ejemplares y el almacenaje.

»¡Ah! Y deberemos anticipar por Paypal a los agentes el coste de los libros.

No sabía qué era Paypal, después lo he sabido, pero me importaba bien poco en aquel momento.

—Hasta he pensado que los mismos ejemplares que compráramos fueran lo que después salieran la venta. Eso disminuiría mucho el coste. Crear una distribuidora o algo así que recibiera las novelas y las vendiera a las librerías reales o virtuales, pero supongo que las librerías no comprarían esos libros con tanta ligereza, y seguro que nos provocaría algunos problemas legales: vender como nuevo algo usado…

—Problemas legales no —susurré pensando en el Abogadísimo.

Si el cálculo estaba bien realizado, llegaba a las ansiadas cuatro ediciones y siempre podía ralentizar algo el ritmo de compras para modular el efecto.

—Sin problemas legales. Sin distribuidora —dije, y le cogí las manos—. Pero empecemos ya.

Y no recuerdo si añadí algo más pero sí recuerdo muy bien que pensé: «Fran, ha llegado tu momento».

En pocas semanas, la red de ventas se movió con ligereza de anaconda. Se agotó la primera edición. Yo lo sabía, Munodi lo sabía, pero no había modo alguno de que se conociera públicamente mientras la flamante vitola de la segunda edición, no llenara los estantes. No sucedió de inmediato y el parón coincidió además con un empeoramiento en la salud de Fran.

Una recaída justo cuando mejor se encontraba. Regresaron las náuseas, la fiebre, los vómitos y, en esta ocasión, también el sangrado, que nos asustó bastante a pesar de que el médico nos había advertido que, en cualquier instante, podía suceder.

El ánimo de Fran volvió a derrumbarse pues debieron ingresarlo una vez más. De modo que la gran noticia de la segunda edición nos sorprendió en el hospital. Lo llamaron para decírselo. Fui yo quien cogí el teléfono, vi el nombre en la pantalla y le di el teléfono.

Observé cómo escuchaba unos segundos antes de responder apenas sin voz. Cuando colgó, debí preguntarle:

—Qué.

—La novela.

—Sí.

—Funciona.

—Lo sabía.

—Ya.

No me mostré en exceso efusiva pues temí una reacción similar a cuando se enteró de que iban a publicar la novela.

Transcurrieron varias horas antes de que le bajara la fiebre, sus ojos llamearan la alegría perdida y recuperara un poco las fuerzas producto del tratamiento y la ilusión. Solo entonces, como sintiéndose culpable por la desabrida reacción anterior, dijo:

—Dame la mano.

Me senté más cerca. Inspiró hondo.

—Van a sacar la segunda edición. Voy a decírselo a Idelfonso. Marca el número, Victoria. Y si quieres, pon el altavoz.

El altavoz.

Él consideraba un regalo aquella magnánima concesión. Una deuda por mis cuidados: permitir que escuchara también a su hermano, lo que opinaba acerca del éxito. Marqué y sostuve el móvil alzado. La voz del Abogadísimo tardó un instante en llegar. Fran dijo antes de que él hablara:

—Adivina.

—Te han dado el alta.

—No. Aún estoy aquí.

—El Premio Nobel.

—Te vas acercando.

—O sea, tiene que ver con la novela.

Comprendí que para Idelfonso no suponía tan buena noticia si tenía que ver con la novela y no con la salud, pero no cambió la inflexión de la voz.

—¡Muy bien! ¡Cuéntame!

—Se ha vendido en un suspiro. Han agotado la primera edición y ya están pensando en la tercera y en la cuarta.

Nunca sabré si le dijeron de verdad por teléfono lo de la tercera y la cuarta edición o fue algo que Fran exageró para impresionar aún más al Abogadísimo, porque lo conocía muchos años y quizá intuyó que la gran noticia quedaba un poco pobre para tan gran expectación. Siempre había que darle dos o tres noticias a la vez.

—La semana que viene estaré por ahí.

Normalmente venía dos veces al año. Desde la enfermedad de Fran, en unos meses había realizado las dos visitas de rigor y ya anunciaba la tercera.

—Las causas se han concentrado por allá para que asista a tu triunfo.

Fran se rio. Pensé que hacía mucho tiempo que no lo escuchaba reír con tanta nitidez, con una risa tan limpia, sin las broncas sibilancias.

Dos semanas y media después le dieron el alta. Y, por la tarde, llamaron de nuevo de la editorial para anunciar la tercera edición.

Creo que este fue un momento crucial. De golpe se habían concatenado dos buenas noticias y la inyección de ánimo le sentó mucho mejor que cien goteros y treinta botellas de oxígeno. Hubo instantes en los que me pareció el Fran anterior a la enfermedad, imbuido en una tarea tras otra.

Incluso quiso levantarse y esperamos a que llegara Damián para que me ayudara a llevarlo al salón y sentarlo en el sofá.

—Decíamos ayer… —susurró una vez allí.

Su hermano lo miró con las manos entrelazadas. Nunca habían congeniado mucho. Damián siempre había permanecido un poco al margen. Como si no existiera. Tan diferente a Fran y a Idelfonso que a veces bromeábamos con que procedía de otro padre. Pero en realidad los tres eran tan distintos que habría que buscar un padre para cada uno. Otro, no el que tuvieron, pues no se parecía a ninguno de los hijos. Quizá la mayor diferencia entre Damián y los otros dos hermanos residía en su arrojo, en sus movimientos lentos, torpes, en aquella dicción confusa y la anticuada manera de vestir. A Fran le ponía muy nervioso, aunque la verdad es que Damián nunca hacía nada, ni bueno ni malo, y aquella tarde se sentó en el sofá con las manos entre las piernas.

No sé por qué —pues rara vez le dirigía la palabra salvo para naderías—, a Fran se le ocurrió preguntarle:

—¿Has leído la novela?

—La he *empezao.*

—¿Y por dónde vas?

—Por cuando se compran el piso.

Fran soltó una carcajada y se llevó la mano al costado e hizo un gesto de dolor.

—La primera página.

Damián se encogió de hombros y Fran se reclinó en el sofá. Sonriendo.

Pero mantener la burbuja de alegría y buenas noticias suponía un elevado coste. Munodi solicitaba dinero en cada cita, y aunque las ventas, las verdaderas, se movían más de lo que habíamos previsto, esta tercera edición me estaba desfondando. Yo le entregaba billetes o pequeños cheques. Debo reconocer que la rapidez con la que se había reeditado me sobrepasó. «No podemos bajar el ritmo ahora», decía, y llevaba razón. ¿Cómo ralentizarlo en plena vorágine? Necesitaba más ventas, más reseñas, más ediciones, más. Más. Más dinero. Más. Más. Y aunque lo que me quedaba me permitiría cubrir una cuarta y quizá una quinta edición, me agobiaba como siempre no disponer de efectivo cuando lo precisara. Que el proceso se detuviera, que todo quedara en humo, en un chasco más, después de haber despertado tanta ilusión.

Así que llamé de nuevo a Ester.

Salió a recibirme forzando una sonrisa en sus labios siliconados y me invitó a pasar al despacho. Sin preámbulos, cuando nos hubimos sentado una frente a la otra, dije:

—Te mentí.

Se quedó callada, esperando a que continuara. Yo en aquel instante no estaba segura de nada. Me refiero a nada acerca de la evolución de Fran, pero necesitaba seguir el juego para obtener más fondos.

—El dinero de la venta no era para cubrir un tratamiento. Porque no existe tratamiento No existe solución. Fran morirá irremediablemente. Y pronto.

Entornó la mirada porque sin duda, no comprendía. Se le apagó la sonrisa y la sentí incómoda.

—Y lo que voy a contarte ahora es tan secreto que solo lo sabes tú. Porque si saliera de aquí, yo no sé lo que pasaría.

—Victoria… pero por favor, me estás asustando.

—Me he gastado todo el dinero en otra cosa.

Ester se envaró en el asiento.

—Estás enganchada a algo.

Entrecerré los ojos y ella movió la cabeza, se levantó a por los cigarrillos y se volvió a sentar, dijo:

—Tienes que ponerte en manos de alguien.

—No he venido a pedirte consejo. He venido a por más.

—¡Oh!, ¿a qué te has enganchado, por favor, Victoria? No te ayudará nada conseguir más dinero.

—Sí me ayudará. Porque ahora estoy entrampada.

—Pero es el juego o qué es.

—Qué más da lo que sea. Si estoy aquí es porque tengo un negocio fantástico para tu inversor.

—¿Qué negocio?

—La vivienda entera. Nada de mitades indivisas. Y con una rebaja que no podrá rechazar, pero no una rebaja de «mitad indivisa».

Ester permaneció un rato pensativa. Insistí:

—Es la mayor ganga de su vida Seguro.

—Pero ¿cómo vas a venderle toda la vivienda? ¿Te la ha donado? ¿Habéis hecho una transmisión?

Metí la mano en el bolso y saqué el historial médico de Fran.

—Aquí está todo. El reloj vital de mi marido. Apenas unos meses. Y como soy la heredera exclusiva de su parte, quiero vender esos derechos hereditarios.

Cuando nos despedimos después de muchos «No lo veo claro» y «No es una buena idea» y «¿De verdad no puedo ayudarte de otro modo?», le había arrancado una doble promesa: que no contaría a nadie mi problema, «Como en los viejos tiempos», añadí, y que hablaría con el inversor.

Me llamó por la tarde. Temí que por teléfono insistiera con el «¿Estás segura?» o «¿Sabes lo que estás haciendo?», pero solo dijo que había hablado con él y deseaba debatir los términos del acuerdo.

Sonó muy protocolario y nos reunimos de nuevo en el despacho. Mostré los informes médicos una vez más y unas fotografías de la vivienda que me habían pedido. Silencié, por supuesto, la transitoria mejoría de salud. El inversor puso cara de gran preocupación y no pareció interesarle mi propuesta hasta que, al fin, cuando ya me marchaba, derrotada y triste, dijo:

—Yo, y como un favor, como algo muy, muy especial, asumiendo todos los riesgos de la operación entraría por…

Dio la cifra. Una cifra que no se parecía a la que yo había propuesto. Una cifra insultante, pero una cifra que me permitía mantener algún tiempo más la alegría de Fran.

Ester preparó en un santiamén un contrato con muchas singularidades, duras penalizaciones y advertencias, en particular las referentes a la entrega de la posesión, que se efectuaría —en cualquier caso— transcurridos ocho meses desde la firma del documento o tras el fallecimiento de Fran, lo que sucediera antes en el tiempo, y cuando el inversor metió la mano en su elegante cartera de piel para sacar el cheque bancario con la cantidad pactada, no me cupo duda de que habíamos interpretado una tristísima pieza teatral escrita de antemano, una tristísima pieza que se prolongaría en el futuro y de qué manera.

V

> «Cuando la mentira se parece tanto a la verdad, ¿Quién puede creer en la felicidad? Me parece estar andando por el borde de un precipicio, hacia el cual se dirigen miles de seres que intentan arrojarme al vacío».
> MARY SHELLEY. *Frankenstein o el moderno Prometeo*

En menos de tres semanas pasamos de la tercera a la cuarta edición. El sistema de compras en la red y en librerías creado por Munodi funcionaba.

Fran sufría altibajos, pero en esa época le quitaron los goteros y, aunque seguía durmiendo con oxígeno por la noche, la *liberación de cables* —como él decía—, le concedió la independencia que necesitaba. Quería regresar al trabajo. No a su trabajo de engastador en la fábrica de joyería donde lo exprimían con jornadas inacabables, sino a sus obras, más motivado que nunca. Iba a escribir *una particular novela comercial*, la segunda parte de *Si titila*.

A veces, me daba miedo que aquella euforia se convirtiera en depresión insalvable al surgir un nuevo contratiempo y, cuando regresamos al hospital para recoger el resultado de las siguientes pruebas generales, iba asustadísima. La Tita había querido acompañarnos, pero conseguimos convencerla para que se quedara en casa. Imagino que debió de padecer mucho mientras esperábamos el *veredicto* y con el tiempo siempre me he arrepentido de que no viniera.

El oncólogo permaneció varios minutos mirando la pantalla del ordenador, las radiografías al trasluz, rayó con el bolígrafo algunos índices en los análisis y al fin, después de aquel tiempo eterno, palmeó la superficie de la mesa, superpuso el labio inferior al superior y dijo:

—Mejor de lo que pensaba.

Fran y yo suspiramos a la vez. Me eché a llorar. Él me pasó la mano por detrás de la nuca.

—¿Estoy curado?

—Queda camino por delante. Pero en estos últimos tres meses hemos conseguido algo muy importante en esta enfermedad: estabilizarla. Lo que permite que se regeneren algunos tejidos, que se reequilibre el organismo...

—¿No estoy curado aún?

El oncólogo me miró. Entendí que me recriminaba en silencio no haber contado la inexorable verdad a Fran en su momento.

—Poco a poco.

—Joder, ¿y cuándo acaba esto entonces?

—«Esto» es algo que ahora duerme, y que debemos procurar que no despierte.

—Bueno, pero estás como curado, es el camino —intervine para apaciguar la visceralidad de Fran y lo que lo perjudicaba no tener bien atado lo que giraba a su alrededor.

El doctor no me contradijo. Lo miró.

—Como medida preventiva, voy a solicitar seis sesiones más de quimio.

—¡No! —Se levantó. Intenté que se sentara, pero no me hizo caso—. No voy a entrar ahí otra vez. He tardado meses en recuperarme de ese veneno. Es más, no conozco a nadie que le haya funcionado bien.

—Pues a usted le ha ido bien. Porque ha detenido la enfermedad. Y no serán sesiones tan fuertes como las anteriores.

—Por ahí no paso. Estoy ahora muy bien y no voy a fastidiarme otra vez. Prefiero morir antes que volver a pasar eso.

El doctor separó las palmas de las manos.

—Yo voy a prescribirlo. Le aseguro que serán sesiones menos lesivas. Solo una de cada dos, notará algún síntoma. Leve. Y así vamos sobre seguro. —Me miró—. Pero aquí no obligamos a nadie. Usted es inteligente y sabe lo que debe hacer.

Salimos de la consulta. Él, muy enfadado; yo, con temblor de piernas. El tiempo se daba la vuelta como los relojes blandos de Dalí. La mejora de Fran suponía una gran noticia, sin duda, pero ¿y si transcurrían los ocho meses y la venta de la casa no se podía materializar con las consecuencias que acarreaba el incumplimiento según el contrato que había redactado Ester? Pensé en el Abogadísimo diciendo «No firméis nada que no vea yo antes». ¡Cuántas veces me acordé de él en aquellos momentos de sentimientos contrariados!

Durante el regreso, me mostré histriónicamente efusiva a pesar de la confusión. Por supuesto, no le dije el pronóstico de unos meses atrás. Que los oncólogos habían puesto plazo a su vida y que ninguno de ellos esperaba que los motores de la malignidad se detuvieran, de golpe, menos aún tras la etapa en la que su estado, y la reducción de defensas, habían obligado a suspender el tratamiento.

Pero ahora caminábamos despacio al sol de aquel día de principios de verano, yo hablando sin cesar; él, en silencio. No estaba contento porque ya había dado carpetazo a la enfermedad y no entraba en sus planes seguir aún en tratamiento. Lo acuciaba la prisa. Siempre. Necesitaba regresar a su vida limpio de trabas. Abordar la escritura de la segunda parte. Ya.

No quise hablar de ello. Insistir en lo que había recomendado el doctor. Pensé que bien nos merecíamos gozar del instante. Lo merecíamos tras tanto dolor. Sugerí que nos fuéramos a comer, los dos solos, como en la buena época en la que nuestra relación parecía marital y no fraternal.

Ese día, Fran se saltó un poco la dieta y acabamos en una pizzería que nos habían recomendado tiempo atrás y comimos fatal. Las gambas sabían a azufre y la pasta cruda con bechamel resultó incomible.

Me dije: «Así de cruel e injusta es la vida», y al instante me recriminé por haber pensado semejante tontería.

No fue fácil convencerlo para que reiniciara las sesiones de quimio. La tan esperada visita de Idelfonso se produjo al fin con casi dos semanas de retraso. Hasta aquel instante, Fran había evitado la conversación.

Idelfonso llegó una mañana y fue quien, cómo no, acabó convenciéndolo de lo que debía sacrificar parte del presente para seguir bien. Incluso se rieron trasladándose a un hipotético futuro en el que hablarían entre chanzas de lo que había sucedido.

Su visita fue, como siempre, fugaz. Apenas unas horas. Un instante. Pero tan intensa que resulta imposible olvidar lo que supuso. No solo por el cambio de actitud que provocó en Fran, sino porque fue la primera vez que sentí en su presencia reverencial el temor de lo que se avecinaba.

Hasta él lo notó.

—¿Estás bien?

Me ruboricé. Así que la respuesta debió de quedar falsísima.

—Sí. Solo que… después de tantos vaivenes, cuando llegas a una meseta, te derrumbas.

—Bueno. Lo importante es que ahora estamos ahí. Y las ventas del libro van viento en popa. —Se rio—. Si unos meses atrás alguien nos hubiera contado lo que iba a suceder, todo lo que iba a suceder —matizó con tristeza—, no lo habríamos creído.

No recuerdo qué respondí. O si respondí. Solo recuerdo lo que dijo después:

—Pero es la verdad.

«La verdad». Las palabras siguieron dentro de mí cuando se hubo marchado. «La verdad». En algún momento esa verdad se resquebrajaría, lo había previsto desde el inicio y estaba dispuesta a aceptarlo, no se trataba de una hipótesis sino de una certeza. Lo había sabido siempre. En eso no me equivocaba. Pero si el cálculo de tiempo devenía erróneo. Si los oncólogos habían pronosticado mal los plazos, yo no sabría cómo mantener la mentira. Se acaban los bienes. La máquina se detiene. Las revistas hablan del engaño. Fran conoce la verdad. El inversor reclama la vivienda. Los juicios, la posible condena… Creo que, por eso, mirar al Abogadísimo, me provocaba más desasosiego del habitual. En alguna parte de mí, ya algo decía que la única solución para que la farsa siguiera viva residía en pedirle que colaborara. Idelfonso tenía dinero. Mucho dinero. Coche de alta gama. Casa, viviendas y locales en alquiler repartidas a lo largo del mundo, inversiones millonarias de las que a veces hablaba Fran con orgullo aunque yo no le prestara demasiada atención. ¿Quién sino él podía rescatarme del pozo en el supuesto afortunado de que Fran resistiera contra todo pronóstico?

Pero decírselo… confesar al Abogadísimo lo que había pergeñado a sus espaldas, lo que había firmado a sus espaldas, los riesgos asumidos a sus espaldas, el posible perjuicio económico de Fran, a sus espaldas, eso ya era otro cantar.

Él, que siempre *ataba bien cualquier cabo.*

El martes siguiente programaron las seis sesiones al final de las cuales, repetirían los análisis. Varias semanas en las que la enfermedad se distanció y las ventas no cesaron.

Munodi se dedicaba en exclusiva a la comercialización del libro. Tras la primera sesión de quimio, le ofrecí venir a casa. Estaba convencida de que sería un aliado perfecto de la salud de Fran. Así catalogaba yo a la gente que contribuía a su recuperación: aliados. Necesitaba más gente en ese exiguo grupo al que también pertenecían Idelfonso y Tita.

Antes de pasar a verlo, Munodi se detuvo en la puerta.

—Mira. —Llevaba el suplemento cultural de un importante periódico y lo abrió—. «El misterioso fenómeno editorial».

Me dio un vuelco el corazón al leer la palabra «misterioso». Como si llevara implícita la mentira. El artículo hablaba del vertiginoso crecimiento de las ventas. De libros que entraban por la mañana y que, prácticamente, salían por la tarde.

Fran acogió con júbilo a Munodi y este le entregó la revista. Pregunté a Munodi si quería una cerveza o un café. Respondió que un café y me fui a la cocina. Desde lejos escuché a Fran: «Munodi, ¿de qué me suena Munodi?», y a él respondiendo aquello del señor Munodi y me alegró que Fran tampoco hubiera caído en que se trataba de un personaje literario. Cuando regresé, Fran hablaba de Frankenstein. Me miró como si hubiera aparecido yo en el momento justo.

—... a Victoria le encanta. No consigo convencerla de que la empobrecen esas casualidades increíbles, los erráticos cambios en el estado anímico del personaje, incluso los excesos de sabiduría del narrador y...

No hice demasiado caso y me retiré para dejarlos hablar a su aire de autores y citas. Comenzaron una especie de competición para ver quién de ellos conseguía recordar más. Cuando se cansaron ya era muy muy tarde. Pregunté a Munodi si se quedaba a cenar y, a pesar de la insistencia de Fran, que parecía agotado, rehusó y, la verdad, es que lo agradecí porque también yo estaba rendida.

Antes de marcharse, se detuvo en la puerta de la calle y dijo acariciándose un poco la nuca:

—Necesitaré más dinero.

—Ya.

—Cuanto antes lo tengamos, antes podremos agotar la edición. Y después de estas reseñas, será la puntilla. Que se prepare. Cuando esto arranca... no hay manera de pararlo.

Tal y como vaticinó Munodi, la vorágine comenzó a partir de ese instante. Los medios deseaban conocer a Fran. Salió la quinta edición y aumentaron las ventas, las de verdad. El ruido provocaba más ruido. Además, Fran debió aplazar una de las entrevistas por culpa de la sesión de quimio, el medio lo publicó y, a partir de ese instante, sobre las reseñas cayó el manto del amarillismo. Desde fuera se apreciaba muy bien el funcionamiento de la maquinaria. Como si alguien en verdad orquestara los movimientos, pero nacía del instinto, del papel que cada cual jugaba, como hormigas o abejas salvaguardando a la reina. La reina editorial que alimentaba la colmena, sumida en la oscuridad y el silencio, lanzando nuevas ediciones y llamando a Fran cada vez que sacaban otra en un acto deferente que me resultaba irónico si recordaba las puntuaciones de los informes de lectura y las primeras palabras del editor: «Solo publicamos lo que supera el ocho y medio».

Para agotar la quinta edición no fue necesario que realizáramos tantas compras, lo que me permitió un inesperado desahogo económico que podía alargar el tiempo, porque la verdad es que Fran cada vez se encontraba, en apariencia, más sano.

Solo estuvo indispuesto un par de veces durante las seis sesiones de quimio. El resto lo pasó de entrevista en entrevista. Se quejaba con gusto de que no le quedaba tiempo para escribir. Una de aquellas entrevistas lo ilusionó más. Una cadena de radio-televisión nacional. Un programa de máxima audiencia. Aunque no versara sobre libros.

—Es que los de libros no son de máxima audiencia —se justificó.

Anduvo bastante nervioso y más de una vez dijo que supondría otro empujón para la novela.

—Aunque ya funcione sola. Pero esta es muy importante y voy a quedar bien. Además, vendrán aquí.

—¿Aquí? —pregunté, molesta ante la posibilidad de que un intruso invadiera nuestra fortaleza repleta de botellas de oxígeno, esqueletos de gotero, montañas de medicamentos y material clínico.

—Sí. Les he dicho que he estado un poco fastidiado.

—Pero ahora estás bien.

—¿Y? No pasa nada porque vengan.

—La casa no está para recibir visitas, y yo no tengo tiempo para ponerme a adecentarla.

Me miró como si estuviera replicando algo banal. No entró en razones. Tampoco se puso a limpiar, por supuesto, y debí sacar fuerzas y tiempo —anulé mi cita vespertina con Munodi— para intentar que aquel hombre no se llevara una pésima imagen de nosotros.

Al final no se trataba de un hombre, sino de una mujer, una entrevistadora. Guapa, de mediana edad, elegante. Después me enteré de que era alguien muy mediático, no solo por el programa de máxima audiencia, y que incluso había escrito una novela. No vino sola, sino en compañía de un joven con una de esas cámaras que parecen sacadas de *National Geographic.* Yo había cerrado la habitación porque olía aún a vómito.

La mujer me miró de arriba abajo antes de preguntarme por Fran. Le pedí que pasara y se adentraron mirándolo todo. Yo, detrás, los guiaba por el estrecho pasillo y llegamos al anticuado salón al que le hacía falta desde años atrás un cambio que lo modernizase. Con ello quiero decir que sentí —quizá solo fuera imaginación mía como diría Fran más adelante— cómo la decepcionaba tanto clasicismo en decadencia.

—Siéntense —dijo Fran.

La mujer miró alrededor. Alzó la mano para interrumpir los movimientos del cámara, que había empezado a montar el trípode al lado del sofá.

—¿No estaba usted, Fran...? Perdón, ¿te puedo tutear?

—Por supuesto.

—¿No estabas recibiendo tratamiento? Alguien nos dijo que llevabas oxígeno que...

—Solo por las noches.

Hubo un receso de silencio. El cámara aguardaba instrucciones.

—Bueno. Pero quizá… —empezó a decir cuando la interrumpió Fran.

—Perdón, no les he preguntado si desean tomar algo.

—Yo no —respondió el cámara.

—Yo una Cocacola *light* si es posible.

Fran me miró y, con un gesto apenas perceptible, vino a decirme que atendiera la petición.

—No tenemos Cocacola —dije—. Aquí no bebemos Cocacola.

—Pues entonces, agua.

Salí a la cocina, y cuando llegué de nuevo al salón, el chico ya se había cargado la cámara y el trípode a cuestas, y ella se disponía a salir junto a Fran.

—Qué ha pasado —pregunté, apenas sin entonación.

—Dice que es mejor hacer la entrevista en el dormitorio.

—¿Cómo en el dormitorio? —Me interpuse en su camino, en el camino de los tres—. En el dormitorio no puede ser… está…

—Victoria…

—No importa, Victoria, de verdad —dijo la entrevistadora amabilísima y cercanísima y simpatiquísima y familiarísima. Pensé que daría la vuelta, pero me esquivó para abrir la puerta de la habitación.

Creo que dije algo así como «Por favor…», y que ella entró como si hubiera descubierto el tesoro de Alí Babá.

—Es perfecto —dijo.

El cámara se excusó con un gesto y comenzó a montar el trípode.

—¿Sería posible…? —Señaló hacia la cama—. Como prueba solo.

—¿Va a entrevistarlo acostado? —pregunté—. ¿No es un poco…?

—Original. ¿Cuántas entrevistas literarias habéis visto desde la cama? —Y se rio con una estridencia desesperante.

—Pero él ya se encuentra bien —protesté.

La mujer no me miró.

—Por eso. No se trata de sacar que está mal, sino de la superación. Que se aprecie cómo con coraje se supera cualquier cosa en esta vida. —Me dio una palmadita en el antebrazo—. No te preocupes, que será muy breve. Unos minutitos solo. No podemos hacerlo más largo porque los telespectadores ahora piden cambio y cambio, novedad.

En otra época, Fran habría berreado «¡Telespectadores!». Pero solo puso una sonrisa estúpida y se encaminó hacia la cama.

—Tú sabes más que nadie de esto.

—Colócate la almohada detrás para estar algo incorporado. —Se giró hacia el cámara—. Saca bien el oxígeno. Y la mesita.

En la mesita se encontraban las cajas de los medicamentos, el vaso del agua, algunas gasas dispersas. Me pareció una gran humillación, pero Fran forzó una sonrisa para que le hicieran las fotos. Le faltó sacar dos dedos en señal de victoria.

El resultado fue, según ella, «más que satisfactorio».

ENTREVISTADORA: ¿Qué ha supuesto el éxito de *Si titila es una estrella*?

FRAN: Pues, la verdad, me ha dado bastante vida.

(Ambos se ríen).

ENTREVISTADORA: ¿Lo esperaba?

FRAN: Bueno, decía Kafka que todo aquello que buscas también te está buscando a ti, y yo siempre he admirado a los autores que siguen brillando muchos años después de haber desaparecido. No me importa el triunfo pasajero, sino la huella. ¿Entiende?

ENTREVISTADORA: Entiendo, por supuesto *(Mira los papeles).* ¿Ha recibido ayuda en el proceso o es todo un trabajo íntimo?

FRAN: Es un trabajo íntimo, la mayoría de actos creativos lo son, un trabajo que se desarrolla todo el tiempo a solas en una mesa *(Fuera de cámara, la entrevistadora señala la cama con vehemencia)*, también, muchas veces, aquí, en esta cama... pero creo que la obra no habría visto la luz sin el apoyo de mi hermano Idelfonso.

(La entrevistadora sonríe y asiente con un leve momento de cabeza)

FRAN: Lo he dicho como una pequeña dedicatoria. Él fue quien me inculcó de niño el deseo de leer y de escribir.

ENTREVISTADORA: Ah. *(Se dirige a la cámara. Debe de imaginar un Idelfonso muy distinto a la realidad, un Idelfonso emocionado mirando la televisión en M. y no a un abogadísimo en un lejano país).* Pues ya sabe, Idelfonso su hermano se lo agradece mucho. *(De nuevo a Fran. Mintiendo).* Bien. Ha dicho que gran parte de la obra la escribió aquí, en esta cama.

FRAN: *(Duda un instante. Ella marca la respuesta cabeceando arriba y abajo).* Sí. Aquí.

ENTREVISTADORA: ¿La enfermedad interrumpió el proceso o esa vora... *(leyendo)* voracidad creadora arrambló con todo?

FRAN: Hubo malos momentos, algunos malos momentos tras la quimio, pero aun en esos malos momentos, seguí trabajando, quizá no escribiendo, pero sí pensando, con el ansia febril que me había llevado a componer esta novela, alentado por aquello que afirmaba Cicerón de que cuanto mayor es la dificultad, mayor la gloria. Y ahora tengo la cabeza llena de nuevas ideas que puedo plasmar, incluso de manera más comercial.

ENTREVISTADORA: ¿Más?

FRAN: *Si titila es una estrella* no es una novela comercial.

ENTREVISTADORA: Ah, pues menos mal. *(Se ríe).*

FRAN: No lo pretendí.

ENTREVISTADORA: Bueno, pero ha resultado muy comercial, sin quererlo.

FRAN: A veces es así como mejor salen las cosas.

ENTREVISTADORA: ¿Dónde cree que reside el secreto de su éxito? Porque lleva cinco ediciones que se han vendido a la velocidad de los *bestsellers.*

FRAN: Nunca se sabe. Yo llevaba trabajando mucho tiempo hasta que alguien la leyó en la editorial, saltó la chispa y, a partir de ese momento, alguien más reconoció su valía y los compradores se la fueron recomendando por el boca oreja... Así funciona esto.

ENTREVISTADORA: Es una novela muy particular.

FRAN: Yo lo llamo un ejercicio de metaficción. Disfruto creando historias que se entrelazan y que el proceso creativo explique la propia realidad. Es algo que me ha apasionado siempre, desde niño, porque considero que la vida es también metavida, vidas dentro de nuestras vidas.

(La muchacha se queda pensativa, susurra «qué interesante» y de nuevo se vuelca sobre el portafolios salvador donde lleva las preguntas).

ENTREVISTADORA: ¿Y hay algún autor de referencia que recomiende a la gente?

FRAN: Uf. No sería capaz de citar uno solo. Decía Schopenhauer algo así como que esperar que alguien recuerde lo que ha leído es como esperar que lleve consigo todo lo que ha comido. Y yo he comido mucho, así que voy a dejar al espectador en ayunas porque considero que lo mejor es que cada cual deguste y se relama con lo que le apetezca y comiendo, comiendo, se abre el apetito.

ENTREVISTADORA *(Se ríe.)*: Vaya que sí. *(Tras una pausa)* Y háblenos de ese nuevo proyecto.

FRAN: Es una suerte de segunda parte de *Si titila es una estrella.*

ENTREVISTADORA: Suena bien. ¿Y cómo se llamará?

FRAN: Todavía no le he puesto el título.

FRAN: Pues sin saber aún de qué va, yo le auguro un nuevo éxito.

FRAN: Eso espero.

ENTREVISTADORA: No nos cabe duda *(Se dirige de nuevo a la cámara)*, porque este hombre, que está superando una gravísima enfermedad, una enfermedad que ha estado a punto de acabar con su vida, es el fenómeno editorial del momento. Fran L., una *rutilante carrera literaria.* No lo pierdan de vista y disfruten de esa sensacional novela titulada *Si titila es una estrella* que hemos comentado hoy aquí, en nuestro pequeño rinconcito dedicado a la cultura.

Fran andaba cada día mejor, más ilusionado. Todo funcionaba y, creo que, para celebrarlo y poner fin a una etapa oscura, me cogió por detrás como hacía tiempo que no me cogía y comenzó a besarme en la nuca. Pero ya no era el mismo Fran que me había besado otras veces. Esa impresión me dio desde el primer momento. Había perdido la humildad de la caricia y me tomó con una suficiencia desconocida, pues estaba seguro de que yo le continuaría el juego porque:

—Vas a follar con el escritor de moda.

Y aunque lo decía de broma, en ese momento me habría encantado bajarlo del pedestal desde el que me hacía sentir minúscula, como si debiera agradecer que me besara o se desfogara después de tantos meses sin sexo. Me habría encantado confesar la verdad. Decirle que me había gastado nuestros ahorros para encumbrarlo, sin pensar en el miserable futuro que me aguardaba cuando él no estuviera. Había alimentado su vanidad como un antídoto contra la tristeza del cáncer, pero era tan grande el deseo retenido, tan grande el anhelo de gloria, que el antídoto no solo había funcionado contra la tristeza sino contra la propia enfermedad. Había aumentado sus defensas, para asombro de los oncólogos, que solo podían responder que se trataba de una enfermedad imprevisible y que, a veces, no sabían por qué, pues su ciencia no alcanzaba para descubrirlo, la destructiva progresión se detiene.

¿Por cuánto tiempo? Aquella suponía, sin duda, la gran incógnita.

Porque a pesar del pequeño repunte de las ventas reales, para mantener el ruido mediático debíamos seguir comprando. Me pasaba las tardes extendiendo cheques al portador de quinientos que Munodi se encargaba de convertir en metálico.

—¿Cuánto tiempo tardaríamos en montar la distribuidora de la que hablaste? —le pregunté.

—Ya te dije que no funcionará, Victoria.

—Pero si lo hiciéramos, ¿cuánto tardaría?

—No sé. Supongo que unos meses. No tengo ni idea de cómo va eso.

—Podríamos tomar los libros que tenemos y añadir una banda con cada una de las ediciones.

—Llamaría mucho la atención. La editorial se enteraría.

—¿Y sin banda o con las bandas antiguas?

—Victoria…

—¿Cuánto tiempo tardarían en darse cuenta en la editorial si revendemos los antiguos sin banda?

—Nos meteríamos en un terreno…

—¡¿Cuánto?!

Munodi se sobresaltó. Hasta aquel momento, nunca me había visto tan nerviosa. Inspiré, le cogí la mano y confesé:

—Me estoy quedando sin dinero. Y no sé de dónde voy a sacarlo para las próximas ediciones. Así que necesito vender los libros.

Rindió la mirada y le dije que lo estudiara. Se originarían gastos de constitución y establecimiento, impuestos, abogados, escrituras… Pero ¿qué suponía eso en relación con el total? Nos permitiría seguir comprando, sumar ventas, aunque las ediciones se ralentizaran.

—Di, ¿cuánto pueden tardar en enterarse? Si reducimos poco a poco las compras y metemos nosotros los libros en las librerías para crear la ficción de movimiento. ¿Seis, ocho meses?

Hizo un gesto de duda y después zarandeó la cabeza como en una especie de asentimiento.

«En ocho meses suceden tantas cosas…, aunque parezca que todo va a seguir igual...», pensé.

VI

> «Hasta entonces, solo había imaginado la desdicha de mi hogar desconsolado; ahora, la realidad se me ofrecía como un nuevo y no menos terrible desastre».
> MARY SHELLEY. *Frankenstein o el moderno Prometeo*

Disminuimos el ritmo de compras para establecer una velocidad de crucero que originara un retraimiento natural de las ventas. Con altibajos, la salud de Fran le permitió algunos respiros. El tiempo y los sucesos se remansaron después de tanta vorágine. Uno de aquellos días, Ester me llamó por teléfono. Tras mostrar un inusitado interés por la salud de Fran, preguntó:

—¿Has dejado lo que tenías que dejar y has solventado lo demás?

—Sí. Por eso no te preocupes.

—Me alegro. De verdad. Y a Fran, ¿le has contado lo de la venta de la casa y que en…?

—No. Aún no.

Como quien no quiere, me advirtió:

—Ten en cuenta que en poco más de tres meses...

—Ya, pero… —Se mantuvo a la espera—. La cosa ha cambiado un poco. Te iba a llamar… Hemos de ver la posibilidad de aplazarlo.

Por toda respuesta emitió un suspiro.

—Solo digo que lo estudiemos. Lo he pensado mucho. Cuando firmamos se encontraba en plena caída, pero remontó y ahora, ahora, la verdad, es que todo me parece incierto. Habla con el comprador o dime cómo localizarlo y hablaré yo.

—No. Lo pondrías sobre aviso. Y eso es lo peor que puedes hacer con alguien como él.

—Alguien como él, ¿cómo es «alguien como él»?

—Un inversor. No va a detenerse en sentimentalismos. No puede. No debe. —Resopló—. Es que la verdad..., Victoria, la verdad, me estás metiendo en un lío que... A ver, a ver cómo arreglo esto, a ver.

«A ver».

El teléfono sonó dos horas más tarde y atendí la llamada precipitadamente. Ester empezó con una frase *alentadora*:

—Le he contado lo que hemos hablado y se ha enfadado mucho.

—¿Y no podías haber esperado a que se lo dijera yo?

—Es mi cliente, Victoria. Mis hijos comen gracias a lo que él me compra. Si no está contento, estoy jodida. Ponte un ratito en mi situación, por favor. Un ratito nada más.

—Ya. Lo siento. —Y tras una pausa añadí—: ¿Hay alguna posibilidad o no?

—Ven esta tarde a las siete y lo hablamos.

Llamé a Munodi para aplazar nuestra reunión y acudí a la inmobiliaria. En el interior de la pecera, el inversor aguardaba en la misma silla de la otra vez. Me dio la impresión de que no se había movido de allí desde entonces.

No hubo siquiera saludo. Un «buenas tardes» ni nada por el estilo. Ester parecía más nerviosa que nunca. Fue la primera en hablar.

—Bien. Pues ya estamos aquí.

Miré al inversor.

—Perdón, ya sé que firmamos un contrato que entonces parecía fácil de cumplir. Pero, las circunstancias han cambiado, mi marido…

—Todo eso lo sabe —me interrumpió Ester—. Ahora hemos venido a estudiar soluciones.

—Solo le pido un poco de paciencia.

—No se trata de paciencia —dijo el inversor sin mostrar signos que delataran emoción alguna—. Yo, como usted comprenderá, en mi trabajo no tengo más remedio que perseguir la rentabilidad, si no, el dinero se esfuma. Si no puede cumplir porque no quiere dar a su marido el gran disgusto, no pasa nada, resolvemos y en paz.

—Solo que para resolver —se adelantó Ester antes de que yo pudiera replicar— hace falta que se devuelva el doble de lo entregado.

Me reí.

—No puedo devolver el doble de lo entregado. Ni siquiera lo entregado, ni la mitad de lo entregado. Lo sabes.

El inversor miró a Ester con gesto de gran sorpresa. Ella se atribuló.

—Entonces, ¿se puede saber qué propones?

—Una prórroga.

—A cambio de qué.

—A cambio de que se solucione.

—Eso no es ningún cambio.

—¿Y qué es para tu inversor un cambio?

Lo dije como si no estuviera allí, dirigiéndome solo a Ester, y entonces él respondió molesto:

—Un cambio es que, si yo pierdo por ejemplo cuatro meses, hay que evaluar el perjuicio, además de la incertidumbre por alargar la operación.

—¿Y en cuánto se evalúa?

Ester miró al inversor. Dijo:

—¿Mil quinientos? ¿Dos mil?

El inversor fingió un gesto de fastidio, como si tal cantidad supusiera una miseria con la que no estaba nada satisfecho.

—Es mora —dijo.

—Tres mil —resolvió Ester.

—Eso qué significa.

—Significa que está dispuesto a prorrogar —miró al inversor— ¿cuatro meses?, si al final de ese plazo se liquidan tres mil euros adicionales y se procede a la entrega.

—Pero eso es un robo.

El inversor frunció el ceño.

—¿Cómo?

—Que es una barbaridad.

Ester movió las palmas de las manos hacia abajo.

—Victoria…

Él se había puesto nervioso. Su rostro no transmitía la contenida serenidad del principio.

—Mire, señora, un robo es firmar un contrato, pactar la entrega de la cosa y no entregarla. Eso es un robo. Y a malas, le advierto que está usted en una pésima situación. Pésima. Por si no se ha dado cuenta.

Ester había bajado la cabeza y escuchaba ruborizada y en silencio. El inversor prosiguió:

—A malas insto la división de la cosa común y a partir de ahí, ya veremos qué pasa.

Yo no sabía qué significaba exactamente «la división de la cosa común», aunque resultaba bastante obvio. Mi prima dulcificó la voz para decir:

—Si no eres capaz de obtener el dinero, Victoria, debes hacerte la idea de contárselo a Fran y que legitime la compraventa. —Y tras una pausa, añadió—: Ahora, con esto de los libros, habrá ganado bastante.

Le dije que aún no le habían pagado pues el contrato estipulaba liquidaciones anuales. Y que tampoco era *bastante* —esto lo silencié— si lo comparábamos con todo lo que me había costado. Entonces Ester insistió:

—Y a su familia, ¿no le puedes pedir a su familia?

Durante el mes siguiente, Fran siguió mejorando hasta alcanzar casi la normalidad. Había agotado las sesiones de quimio y su aspecto saludable lo fortalecía aún más. Se miraba a menudo al espejo como para comprobar la gran victoria contra la enfermedad. Y entonces se le metió en la cabeza que debíamos emprender un viaje.

—¿Un viaje adónde?

—No importa adónde. Un viaje para descansar del trasiego de los últimos meses. Nos vendrá bien. A los dos.

—Pero yo tengo mucho trabajo en esta época. Lo sabes.

—Seguro que puedes pedir vacaciones.

—No sé, son unos meses…

—Creo que es bastante comprensible. Nos lo merecemos. ¿O no nos lo merecemos?

—Sí.

—Pues habla con ellos. Una semana. No te estoy pidiendo más. Tiramos de los ahorros.

Escuchar la palabra «ahorros» en su boca me provocó un creciente malestar. Nunca le había preocupado demasiado el dinero. Odiaba la contabilidad. Siempre habíamos dicho que yo me encargaba de la casa y del dinero. Él, de lo otro. Con «lo otro» nos referíamos al coche y a escribir.

A ratos, me sentía agobiada por la asfixiante impresión de que todo el mundo conocía mi gran farsa. Idelfonso, mi prima Ester, el inversor, y, por supuesto, Fran. Y que les encantaba jugar conmigo, martirizarme. Con palabras. Miradas. Como esa mención a los ahorros. Hasta la Tita parecía saberlo. Aquella tarde, la última que hablé con ella, me preguntó si necesitábamos dinero. Aún hoy no entiendo del todo por qué se le pasó esa idea por la cabeza, precisamente esa. Ella vivía sin estrecheces, pero sin grandes holguras. Por la noche me acosté con la sensación de que existía una general conspiración contra mí. Algo similar a lo que le sucedía al joven Rodia en ese *Crimen y castigo* que tanto apasionaba a Fran y que yo había leído, algo forzada, por indicación suya.

A la mañana siguiente, la Tita no vino y nos extrañó. La llamamos por teléfono. La volvimos a llamar. Después hablamos con Damián, que vivía con ella.

Fran le preguntó:

—¿Sabes algo de la Tita?

Pero a Damián lo habían recogido a primera hora de una asociación con la que realizaba actividades una vez por semana y contestó que la Tita se había quedado durmiendo. Que él se había preparado el desayuno solo. Y que estaba contento porque no había sido necesario molestarla como siempre. Cogimos las llaves de la casa de la Tita y acudimos a toda prisa. Cuando entramos, se encontraba acostada de lado, con la vieja canastilla junto a ella y las prendas rosa rodeándola en un revoltijo.

A la Tita le había llegado la muerte de súbito. Supuso un golpe durísimo para Fran. Aunque intentara disimularlo. No era una mujer tan, tan mayor, ochenta años, y salvo la diabetes gozaba de una salud que habríamos deseado para nosotros. Los tres hermanos lo sintieron. La Tita había sido una madre, la madre. Había cumplido el papel a rajatabla. Incluso algunas malas lenguas murmuraban que también el de esposa mientras vivió el padre.

Los hermanos no podían concebir un dolor mayor que su pérdida. Pero quien más lo sintió, sin duda, fue Damián, porque aún permanecía en el refugio marsupial de la Tita. No sabía, como suele decirse, cocinar una tortilla, y pasó todo el entierro desorientado.

Allí estaban Idelfonso, su esposa May y los cuatro niños, cuyos nombres compuestos me cuesta recordar, bastante creciditos y vestidos como en una comunión. Acababan de llegar, justo para el entierro, porque Idelfonso se encontraba en una empresa ubicada lejos y debió realizar varias escalas antes de retornar a casa al enterarse de la noticia. Se quedarían tres días alojados en un céntrico hotel y aprovecharían para conocer la ciudad.

A la salida del cementerio, cuando empezaban las despedidas, sugerí a Fran que Damián viviera un tiempo con nosotros antes de volver a la morada familiar. Ni siquiera pasó por casa de la Tita a recoger la ropa porque le daba miedo. Fran se lo llevó a comprar algunas camisas y pantalones. Se fueron del sepelio al centro comercial, y pensé en ese poder de las tiendas, evasivo de la realidad, que nos sumerge en su mundo de fatuas mentiras. Incluso en los peores momentos. Cuando regresaron, unas horas más tarde, Damián parecía otro, embutido en aquella vestimenta impostada.

Idelfonso llegó por la tarde, lo miró de arriba abajo, le dio una palmada en la espalda y dijo:

—Te has convertido en otro hombre.

—Sí. Otro. Mejor. Otro mejor, ¿verdad?

—Otro mejor. Mejor cada vez. Y tranquilo, ¿eh? Cualquier cosa que tengas por ahí dentro —le señaló el pecho— enseguida me llamas a mí o se lo dices a Victoria o Fran. ¿Vale?

Era el «vale» de la Tita. Pero tan distinto…

No el «vale» de «continúa, la vida sigue», o el «vale» de «estoy de acuerdo, siempre estoy de acuerdo», sino el «vale» hipócrita del «todo vale», porque él no iba a estar ni cerca ni disponible para atender al hermano; el hermano del que tendría que encargarse Fran y, por añadidura, yo misma.

Antes de regresar a su mansión paradisíaca, Idelfonso, May y los cuatro niños —que no volví a ver jamás— vinieron a casa. No pienso entrar en detalles sobre aquella visita, la cara de May, la cara de los niños, las risitas de los niños, los deditos de los niños señalando las habitaciones o la chimenea de *pellets* porque no añadiría nada a la historia que pretendo relatar.

Al despedirse, Idelfonso dijo:

—Si necesitáis algo…

Rememoré la frase de la Tita acerca del dinero. Fran se encogió de hombros. Y Damián respondió de una tirada con una sentencia que habría escuchado en alguna parte y que nos sorprendió a todos:

—Lo que queremos no nos lo puedes dar.

—Venga, va —respondió con rapidez Idelfonso y se aprestó a abrazarlo pues parecía evidente que se echaría a llorar.

En aquel instante, si yo hubiese tenido coraje, si él hubiera sido de otra manera, y no el Abogadísimo, le habría dicho: «Yo sí que necesito, Idelfonso. Necesito tu dinero. Y no solo tu dinero, también tu infinita sabiduría jurídica de *ganapleitos*, tu habilidad negociadora contra un inversor que pretende desahuciarnos en unos meses porque, movida por la piedad, firmé con él un terrible contrato. Necesito que le llenes de billetes la cara hasta ahogarlo. Porque sí, cometí aquella irregularidad, instigada por la idea de que podría salvar a Fran a base de ilusiones y, fíjate, así ha sido, lo he metido en el sueño y hemos seguido soñando. Pero si se despierta, si se despierta...».

Así transcurrieron las Navidades y cada vez resultó más difícil permanecer en casa. Damián se había establecido permanentemente y Fran reinició el contrataque del viaje con mayor ahínco, pues a los pesares ya padecidos se unía la muerte de la Tita. Debía llenarse de nuevas experiencias que desplazaran los malos momentos del pasado.

Sonaba muy literario, pero lo decía no una vez, sino muchas. Necesitaba el viaje para lograr la recuperación anímica definitiva.

—Porque si ahora caigo en el olvido, se acabó. Todo lo que he conseguido se va al traste. ¿Qué crees que quedará de *Si titila* dentro de unos meses?

No respondí. Aunque, por desgracia, conocía muy bien la respuesta. Quien no la presumía ni por asomo era él.

—Si ahora no doy la puntilla, me pasará como a tantos otros que se hundieron en el olvido y andan por ahí presentándose a concursos de mala muerte o trabajando de negros.

Y yo no quiero ser eso. Yo quiero seguir titilando después de la vida, que mi luz no se extinga, que…

Se trataba de una carrera sin fin. Me di cuenta entonces. Un anhelo que jamás decaería y que solo podía detener la muerte para que no nos absorbiera la mentira.

Pero Fran cada mañana parecía más vivo. Me buscaba por los rincones de la casa aprovechando los descuidos de Damián. Le bullía la sangre. Había comenzado a escribir la segunda parte y no hablaba ya de marcharse una semana sino al menos un mes.

—¿Cómo nos vamos a ir el mes entero?

—Pues yéndonos. Cómo que… cómo, que cómo nos vamos a ir. No consigo comprender que estés poniendo pegas a este viaje una y otra vez después de lo que he pasado. No me lo creo.

—¿Y mi trabajo?

Me agarró del antebrazo.

—No vas a tener que trabajar más. ¿No lo entiendes?

—¡¿No voy a tener que trabajar más?!

—Con lo que hemos ahorrado y los derechos que me liquiden, más lo de esta nueva novela, que va a ser un éxito, de verdad, te aseguro que va a ser un éxito… puedes mandar a la mierda el trabajo y, de paso, al cretino de Germán.

—Fran, no levantemos castillos en el aire.

—¡Castillos en el aire! —protestó. Y yo pensé que le molestaba la frase hecha, pero no. Ya no le molestaba lo manido. Ahora, incluso, parecía que le gustaba lo manido. El problema no era la frase hecha. Ojalá—. No son castillos en el aire, Victoria. Ya no hablamos de castillos en el aire. Hablamos de la realidad. Pero tú parece que no quieras admitir esa realidad. Es como… como si te molestaran mis triunfos.

—Pero cómo me van a molestar tus…

—¡Pues admítelo de una vez! Estoy ahí arriba. Y de ahí no me va a bajar ni Dios. Ni enfermedades, ni problemas familiares, ni tú.

—¿Yo?

—Nadie. Vamos a hacer ese viaje cueste lo que cueste. A lo grande. En los mejores hoteles, porque lo hemos soñado un millón de veces y ahora, por fin ahora, hemos cambiado. Ya no vivimos en el mundo mísero de un pobre engastador y una pobre administrativa, hemos dado un salto transoceánico. Un salto gigantesco. Y debemos acomodarnos al estatus.

Las palabras de Fran me provocaban vértigo, pero me faltaba escuchar lo peor. Aunque llegados a aquel punto, qué más daba.

—Por eso los he mandado a la mierda.

—¿Has mandado a la mierda? ¿A quién has mandado a la mierda?

—A la joyería. Me he despachado a gusto con ellos, después de todos estos años de exprimirme, y por los años que exprimieron a mi padre.

—Cómo que… ¿Por qué, por qué has hecho eso?

—Porque no pienso volver. Y tú deberías hacer lo mismo. Ir a la compañía de seguros que te ha sacado las entrañas toda la vida y desfogarte como yo me he desfogado.

—Fran…

Intenté abrazarlo, pero me rehuyó.

—Ahora tienes que estar a la altura —dijo.

VII

> «Me equivoqué en una sola cosa: todas las desgracias que imaginaba y temía no llegaban ni a la centésima parte de la angustia que el destino me tenía reservada».
> MARY SHELLEY. *Frankenstein o el moderno Prometeo*

El siguiente paso en aquella infausta carrera hacia un inminente precipicio tuvo su origen en una llamada telefónica. Fran la siguió con interés y yo lo escuché desde el salón. Era sábado por la mañana y habíamos convenido dar un paseo en bicicleta. Los dos solos, porque Damián siempre se quedaba en casa.

Cuando colgó, me dijo que se trataba de la agente literaria... Anne R. Así la llamaré a partir de ahora.

—¿No te suena?

Yo no estaba muy puesta en el submundo de agencias y Fran lo sabía. Respondí que no.

—Pero si es la agente de... —citó varios escritores que habíamos leído. Algunos muy populares—. ¡Me ha dicho que quiere que sea autor de la agencia! Que firmemos un contrato por mi próxima novela. Le he pedido que me lo envíe y se lo remitiré a Idelf.

Todo pasaba por el Abogadísimo. Todo menos lo que hacía yo en solitario. Por mi cuenta.

A sus espaldas.

Pocas horas después, Idelfonso había respondido al correo con un sencillo «Se trata de un contrato tipo. Sin problemas. Y esto es otro notición, Anne R. nada más y nada menos. ¡Enhorabuenaaaa!».

—No me extrañaría que lo hubiera preparado él también —dijo Fran.

—¿Qué?

—Mi hermano —sonrió—. Como lo de la editorial. ¿No lo recuerdas?

—¿Qué debo recordar de la editorial?

—Pues que les apretó las tuercas. Y esto… vamos, ha movido sus contactos con unos y otros. Si no, ¿a santo de qué me va a llamar Anne R.?

—¿A santo de que has conseguido vender en unos meses un montón de libros?

—Ya, pero las agencias no llaman así como así… aunque vendas un montón. Ya tienen sus autores y no dan abasto. —Se quedó pensativo—. Ahora sí que vamos a celebrarlo quieras o no quieras. En vez de ir en bici, nos vamos a la agencia y contratamos por todo lo alto.

Ya no me quedaban fuerzas para replicar. Para decir una vez más: «Fran…», o algo parecido. Así que me adecenté un poco la melena, el suéter, y salimos a la calle en busca de la otra agencia: la de viajes.

Tras varias llamadas a *touroperadores*, la vendedora nos ofreció un «completo» de alta gama o algo así, que empezaba en Ecuador. Volábamos directos y, tras adentrarnos en la selva, regresábamos a Guayaquil, donde tomábamos un barco hasta Panamá. De allí a París y de París a casa.

Justo lo contrario de lo que había imaginado Fran, pero de este modo nos ahorrábamos escalas, esperas y un diecisiete por ciento.

Pese a ello, cuando echó la raya de las cuentas se me escapó un «¡Hala!» al que Fran respondió: «¿Qué esperabas? No me parece caro».

—No es caro. De hecho, el paquete lleva varias ofertas que no encontrarán en ninguna parte —ratificó la muchacha de la agencia, una chica de unos treinta años, menuda, algo rellenita, que me recordaba un poco a mi prima Ester en sus buenos tiempos.

—¿Y qué hacemos ahora? ¿Se paga ya o...?

Apreté el antebrazo de Fran en un vano intento de detener su ímpetu.

—Si desean contratarlo deben darme sus nombres y dirección, firmar el contrato, dejarme una copia de la tarjeta y realizar una entrega del sesenta por ciento. Así queda reservado, reservadito y esto no nos lo quita nadie.

—Muy bien. —Fran se giró hacia mí como esperando que yo facilitara los datos. La muchacha aguardó con las manos entrelazadas encima de la mesa, mostrando su perfecta dentadura.

—Deberíamos hablarlo —dije.

—Ya lo hemos hablado.

—Más.

—A él le hace ilusión —intervino ella, muy melosa, sin dejar de sonreír y abusando después de esos diminutivos que tanto irritaban a Fran. Al Fran de antes—. Pero a usted aún le falta convencerse un poquitín. De todas maneras, si es por precio, no lo va a encontrar más barato en ningún sitio, con estas prestaciones. Eso se lo garantizo. Si lo encuentra más barato…

—No es un problema de precio —la interrumpió Fran—. No nos importa el precio.

No lo contradije. Y me costó. Vaya si me costó. Entonces él le explicó lo de la mala racha que acabábamos de pasar, lo de la Tita, las interminables sesiones de quimio y también le dijo que era escritor y ella se interesó muchísimo —aunque no leía— por su novela.

—Es un ejercicio de metaliteratura.

La chica solo dijo: «¡Qué bueno!» Y al instante: «¿Y dónde se puede comprar?».

—Yo le traeré una.

«Firmada», respondió ella, y volvieron a hablar de lo mal que se pasa, y ella le contó algo de un primo suyo con leucemia que también se estaba recuperando, y él le dijo que toda la vida había esperado un viaje como aquel, y que ahora podíamos permitírnoslo porque con los derechos de sus novelas —ya contaba las siguientes— podía pagar treinta viajes y, encima, teníamos un dinero reservado de nuestra época oscura —así la llamó—, cuando ambos debíamos trabajar en empleos que detestábamos.

—Entonces, mujer, después de eso, ¿cómo va a negar un caprichito como este a su marido?

«Cómo». Era cierto. ¡Cómo! Con la información de que disponía Fran, no había nada que objetar. La chica se levantó para recoger unos papeles de la impresora. Iba muy ceñida, con un vestido muy corto. Regresó sonriente y los dejó sobre la mesa.

—Qué, ¿damos ese pasito que nos falta?

Rellenamos unos formularios y los firmamos al final (sin el consentimiento de Idelfonso).

—Y ahora, el momento más doloroso —dijo, sacando un datáfono escondido debajo de la mesa.

—No he traído la tarjeta. —Fue lo primero que se me ocurrió, pues en la cuenta no quedaba disponible suficiente para realizar el anticipo. Una estupidez, porque Fran se metió la mano en el bolsillo.

—Llevo yo la mía.

La sacó. La chica la introdujo en la ranura del datáfono y este emitió los pitidos de la conexión hasta que salió un papel.

—Vaya. No me la coge.

Dio unos manotazos al datáfono, limpió la banda de la tarjeta y la pasó de nuevo. Como era de esperar, la rechazó.

—Tienen otra, ¿no?

—Aquí no.

—Puedes ir a casa, la coges y vienes.

—Mejor me paso el lunes.

—El lunes hacemos puente. —Y se justificó—: Por la fiesta del martes. ¿Viven muy lejos? Si no, yo les guardo los papeles. Lo malo es que si no lo formalizamos hoy ya nos vamos a miércoles, que es otro mes... Igual nos cambian las condiciones, algún hotel tenemos que sustituirlo o algún vuelo... porque esto se mueve tan rápido... y ahora, a final de año, más. Sobre todo, el GL —se refería al gran lujo—. Pero bueno, intentaremos que no sea mucho, mucho peor.

—No. No. Venga, va. Que no cuesta nada. Vas tú o voy yo si quieres, o vamos los dos.

La chica miró el reloj.

—Si se queda uno, mejor. Así les voy explicando todo, que hay muchos papeles y en menos de media hora tenemos que irnos. Empiezan a cerrar *touroperadores.*

Fran hizo un gesto, alentándome.

—Mira que olvidar la tarjeta... Sabiendo que veníamos aquí. Si es que...

—No pensé que íbamos a contratar tan pronto.

Se giró hacia la muchacha.

—Es que ella se lo piensa todo un montón. Y la vida es demasiado corta para pensar. Si pierdes el tiempo preguntándote, no llegas. No llegas. Eso he aprendido de lo que me ha pasado.

Así que no tuve más remedio que salir, zascandilear hasta casa. Llamé a Munodi.

—¿Sabes algo de la distribuidora? ¿Hemos cobrado ventas?

—¡No! —exclamó—, tardarán meses en pagar. Tienen que ver las devoluciones, las mermas...

—Necesito que me devuelvas una parte de los cheques que te di.

Al otro lado del teléfono se hizo el silencio.

—¿Quieres que nos veamos? —preguntó Munodi.

—No sé lo que quiero. Pero ahora no puedo.

Le conté lo que había pasado con Fran. La inminencia de que pronto me descubriría y de que, por primera vez, no sabía cómo continuar el juego. Se trataba de la crónica de una *muerta* anunciada, pero todo se había precipitado por culpa del viaje.

Munodi dijo que el dinero ya estaba circulando y que resultaba muy difícil recuperarlo con rapidez. Cuando terminamos de hablar, pensé en llamar a Idelfonso. Confesar de una vez. ¿No estaba abocada a ello desde el principio? ¿No pasaban todos los asuntos familiares por su ojo omnisapiente? ¿Por qué debía ser ahora de otro modo?

Pero resistí la tentación He de reconocer que más por miedo que por orgullo, y cuando retorné a la agencia, Fran ya estaba muy nervioso y la chica también, aunque ella lo disimulaba mejor.

—¿Dónde te habías metido? Has tardado un montón.

—No la encontraba.

—Es que tendríamos que haber cerrado hace veinte minutos —dijo ella. E hizo un gesto con los brazos extendidos invitándome a que me fijara en la agencia, que mostraba un aspecto desolador, ya sin empleados y con la mayoría de las luminarias apagadas—. Y cuando desconectan el sistema, ahí ya no podemos hacer nada.

Recé para que ya lo hubieran desconectado. No hubo suerte. Continuaba operativo.

—Mira, aún llegamos a tiempo.

Fran apretó el puño e hizo un gesto de coraje.

—¡Vamos! —dijo.

La chica extendió la mano reclamando la tarjeta. Se la di. Instintivamente volvió a frotarla contra la manga, y yo imaginé que era como la lámpara maravillosa, que un genio saldría para decir: «Todo resuelto, un benefactor anónimo ha realizado un ingreso en su cuenta desde Madagascar», o algo parecido; pero el datáfono volvió a chirriar y a lamentarse, con ese sonido agudo que emiten los trastos cuando se conectan y no queda saldo al otro lado, y ella volvió a dibujar en sus facciones una mueca de fastidio.

—Qué pasa ahora —preguntó Fran.

—No la acepta.

—¿Has puesto bien el número?

La chica matizó que cuando el pin no era correcto, la máquina daba el mensaje «Número personal erróneo», que se trataba de otro problema.

Dije:

—A lo mejor es que en la cuenta no hay disponible suficiente porque el dinero se encuentra en un depósito.

La chica exclamó «¡Ah!», y Fran me miró.

—Pues seguro. ¿Si está en otro sitio cómo va a autorizar el pago desde aquí? Tienes cada cosa... Habrá que hablar con el banco.

Solo se trataba de un aplazamiento de la agonía, un momentáneo alivio.

—El lunes voy —dije.

—Sí, pero las condiciones ya no serán las mismas —protestó él.

Entonces ella le puso la mano sobre la muñeca, muy solícita y fraternal.

—No se preocupe por eso. Voy a intentar que no nos cambien nada. Como si hubiéramos firmado ya. Aunque me la juegue. Ahora, eso sí, siempre y cuando me traiga la novela.

Salimos. Fran dijo:

—El lunes a primera hora vamos al banco y que hagan una transferencia. ¿Qué tipo de depósito es?

—No sé. Un depósito, ¿qué quieres que te cuente?

—Pero se puede sacar.

—Lo tengo que ver.

—Pues ahora cuando lleguemos a casa, lo comprobamos.

Eso hicimos. Fran estuvo leyendo el contrato de aquel depósito ya inexistente con la misma avidez con la que leía las críticas.

—Es disponible en cualquier momento —dijo muy seguro de sí, atribuyéndose una sabiduría financiera que me provocó cierta lástima.

Discutimos de nuevo acerca de la moderación y el despilfarro. Yo estaba cansada, así que no repliqué cuando dijo que no se trataba de malgastar, sino de utilizar el dinero para lo que consideraba importante. Pero solo claudiqué de manera definitiva cuando preguntó:

—¿No te das cuenta de que con tanta negativa no me ayudas, que me da la sensación de que ocultas algo, algo que no quieres revelar?

Por supuesto no se refería al libro, a la mentira, sino a su salud, pero hasta tal punto había pasado a preocuparme el ruinoso estado de nuestras cuentas que lo primero en lo que pensé fue en ellas.

—Además, tú siempre has querido viajar, Victoria. Siempre con la perra de viajar cuando no podíamos y ahora que se dan todas las circunstancias… ¿No querías cruzar el charco? Incluso podríamos pasar a ver a mi hermano. Estaremos tan cerca…

En cuanto llegó a casa, llamó al Abogadísimo y le dijo:

—Nos vamos un mes entero por el mundo.

Cómo no, Idelfonso nos invitó a pasar unos días en su casa. Así que podríamos combinar el viaje con la visita —ya lo arreglaríamos el miércoles en la agencia, al fin y al cabo se trataba de un viaje *ad hoc*—, y aunque faltaba casi un mes para la hipotética fecha de salida, ocupó buena parte de los días siguientes en estudiar el itinerario, repitiendo en voz alta cada uno de los hitos en los que nos detendríamos para visitar tal monumento o paraje natural. Alzaba la cabeza para preguntarme:

—¿No quieres ver el recorrido?

Yo intentaba contener tanta alegría con frases triviales. «Es que estoy terminando de hacer la cena», «Es que prefiero examinarlo con calma», «Es que…», pero se me fueron agotando los «esques» y solo quedaba la evidencia clara de que se iba a quedar sin viaje. A menos que fuera solo. Porque para eso, aún quedaba suficiente. Y comencé a buscar pretextos.

Los fui desechando a medida que llegaban. Enfermedad. Trabajo. Depresión. Miedo a volar…

Entonces, apareció Damián.

Entró en la cocina con sus pasos de pato, ya me había acostumbrado al incesante plas, plas. Cogió un plátano, lo peló y fue a comérselo al lado de Fran.

En silencio, observaba a su hermano subrayar con el rotulador fosforescente. Damián. El eslabón perdido. El único cabo suelto que podía llevarme a algún lado. Lejos del Amazonas. Lejos de París. Porque, ¿estaba en condiciones de quedarse solo? ¿De hacerse la comida, lavar la ropa, vivir sin nuestra protección? Seguro que Fran había pensado que, si no era así, había llegado el momento. Pero Damián había vivido siempre bajo las faldas de la Tita, y sus hábitos no cambiarían de la noche a la mañana por mucho que el último día se hubiera puesto solo un vaso de leche o se hubiera comido una magdalena.

Fran siguió trazando líneas, rayas, hasta que se dio cuenta de la sigilosa presencia de Damián.

—¿Sabes lo que estoy subrayando?

—Países.

—Exacto. Los países donde nos vamos Victoria y yo.

Dejó de masticar el plátano.

—Cuándo.

—Dentro de un mes. Nos quedaremos unos días en casa de Idelf.

—¿Y yo?

—No hay problema. Puedes estar aquí si no quieres volver a casa de la Tita. Además, cuando menos te des cuenta habremos vuelto.

—Quiero ir.

Fran se rio. Se trataba de una risa fingida. Y yo permanecí atenta, observando cómo los hechos se concatenaban para solucionar el problema.

—Es un viaje pesado, en el que correremos todo el tiempo de un lado a otro, se te haría muy largo.

—No protestaré.

—No se trata de que protestes o no. El problema es que no lo disfrutarías. Y nosotros, si tú no disfrutas, tampoco vamos a disfrutar.

—Sí que disfrutaré.

—De todas formas, aún falta un mes. Así que no te preocupes, porque un mes es mucho tiempo y te vamos a enseñar un montón de cosas para que te puedas valer tú solo. Que te tienes que ir acostumbrando, Damián. No vas a estar así toda la vida. Idelf quiere vender el piso de la Tita. Con el dinero que saquemos podrás alquilar o comprar una vivienda más pequeñita, un estudio cómodo donde te sientas bien.

Damián agachó la cabeza. Se quedó callado. Yo le veía las orejas por detrás, rojísimas. Fran me miró.

—Díselo tú.

Me acerqué y le puse la mano en la espalda.

—Tranquilo. Verás como es más fácil de lo que imaginas. Ahora te vienes conmigo y me ayudas a hacer la comida y luego a fregar, y así vas aprendiendo.

Siguió cabizbajo y solo se levantó al cabo del tiempo para encerrarse en la habitación.

Fran resopló. Dijo en voz baja:

—Siempre igual. Toda la vida manteniendo al pelanas. Y no hay manera, ¿eh? Se encierra en sí mismo, en el «no sé, no puedo», y no lo sacas de ahí, como si tuviera diez años.

No hacía falta que me dijera aquello porque los dos conocíamos el problema de su hermano. Y me extrañó que, hasta aquel instante, lo hubiera mantenido al margen en su gran proyecto de viaje, incluso me extrañó que yo misma no hubiera caído en que nuestra vida no gozaba de la libertad anterior.

—No va a joderme el viaje.

Dijo «joderme» y no «jodernos», porque aquel se había convertido en su viaje. Su viaje egoísta opinara lo que yo opinara, el viaje que había ganado a base de mucho sufrimiento. Ese sufrimiento que lo legitimaba para cumplir el deseo a costa de lo que fuera.

—No me lo va a joder. Esta vez no me va a joder por muy burro que se ponga. Te lo aseguro.

Pasaron las horas y Damián no salió. Pedí a Fran que entrara en la habitación a hablar con él. Vi que se armaba de un coraje que acarrearía malísimas consecuencias y lo detuve con una mano en el pecho.

—Si vas con gritos o malas palabras, solo conseguirás empeorar las cosas. Lo sabes, ¿no?

—Pero es que… no se puede ser tan egoísta. No se puede.

«No se puede ser tan egoísta», repetí para mí.

Una vez más le rogué que se calmara. Me hizo caso, respiró hondo. Con el pomo en la mano, me miró y entrecerró los ojos. Llamó a la puerta de la habitación de Damián. Volvió a llamar y solo obtuvo silencio. Abrió. Se encontraba acostado en la cama, la cabeza cubierta con el almohadón. Se sentó a su lado y yo me quedé en la puerta.

—Vamos, qué pasa.

Damián no respondió, y entonces Fran forcejeó con él para arrebatarle el almohadón de la cara, hasta que al fin el rostro rollizo y ruborizado de su hermano, como a punto de explotar, quedó al descubierto.

—No te pongas tonto.

—Quiero ir.

—No. No quieres ir. «Ir» es ahora lo que te parece mejor para no quedarte solo. Vale. Imagínate que vienes. ¿Eh? Vienes.

—¿Voy?

—Sí. Vienes.

Fran se echó hacia detrás y, por un momento, el rostro de Damián cambió.

—Hay que subir en varios aviones. ¿Eso lo has pensado? Hay que andar y andar. Andar todos los días muchos kilómetros. Por el Amazonas. Sabes lo que es el Amazonas, ¿no?

—Un río.

—Sí. Un río. Y una selva. Una selva con insectos, muchas arañas y animales peligrosos como jaguares o serpientes. Una selva que vamos a estar recorriendo durante días.

—Yo me quedo en casa de Idelfonso.

—No. Porque a la selva vamos antes de ir a casa de Idelf, ¿entiendes? Y de allí cogeremos una avioneta, una avioneta de hélices, que no para de moverse.

Damián me miraba como buscando ayuda, algo que mitigara los riesgos.

—Y allí no valdrán pataletas ni nada por el estilo. ¿Sabes? Allí, en una pataleta, te juegas la vida.

Le dio unas palmadas en la cabeza.

—Así que piénsalo. Piensa qué prefieres y luego vienes y me lo dices.

Fran salió de la habitación como si hubiera logrado un gran triunfo.

Al cabo de un tiempo, no soy capaz de recordar si poco o mucho, porque andaba de nuevo sumida en mi desesperación de respuestas improvisadas, Damián salió para asestarme —para asestarnos— el golpe definitivo y para bajar a su hermano del podio al que había subido tras su pretencioso éxito dialéctico.

—Voy —dijo con los brazos en jarra.

Y yo sentí que la realidad se difuminaba y adquiría ese tono herrumbroso con el que el miedo tizna lo que nos rodea cuando estamos tristes o desorientados.

Pensé que Fran explotaría y que empezaría a montarse una gran batahola, pero continuó con su estrategia amedrentadora:

—Muy bien. Pues mañana vamos y que te pinchen las cuatro vacunas.

—No.

—Si no hay vacunas, no puedes ir. No te dejan entrar en los países.

—Pero a mí ya me pusieron vacunas.

—Vacunas hay de muchas clases. Estas son otras vacunas.

—¿Y Victoria se las va a poner?—Se giró—. ¿Te las vas a poner?

—Sí.

Me cogió del brazo.

—¿Y me acompañarás a mí?

—Te acompañaré.

—Gracias.

Después se sentó al lado de Fran y miró el mapa donde había estado señalando las rutas.

—Sigue dibujando.

Pero Fran se levantó y dijo:

—Se me han quitado las ganas.

Desapareció por el interior de la casa. Damián me miró y se encogió de hombros:

—A la mínima se enfada.

Tomó el rotulador y se disponía a subrayar cuando lo detuve.

—¡No! Si le marcas algo se enfadará mucho más.

Lo dejó sobre la mesa con cara de fastidio. Al rato dijo:

—¿Duelen?

—¿Qué?

—Las vacunas, ¿duelen?

Podría haber respondido que no para tranquilizarlo, como siempre. Se había ido refugiando a lo largo de su vida en nuestras contestaciones. Pero le dije que dolían, no para intentar ese cambio ya tardío de su personalidad, sino porque agotaba con ello mi última alternativa.

—¿Mucho?

Afirmé con la cabeza y su rostro se llenó de espanto.

—Muchísimo. Esa es la verdad, Damián, no te voy a mentir.

Después apareció Fran, visiblemente enfadado, y Damián se marchó a su cuarto sin mirarlo. Así transcurrió aquel domingo horrible.

Pero siempre se puede ir a peor.

Al día siguiente, salimos a pasear. Nos detuvimos en unos bancos, no por cansancio, sino porque yo no aguantaba más tanto silencio en torno al asunto «Damián».

—¿Qué vamos a hacer?

Fran empezó con una frase que confirmaba mis peores presagios:

—He llamado a Idelf…

Me aterró escucharlo. Porque de inmediato supe cómo continuaría:

—Dice que con lo de la Tita tan reciente, abandonarlo un mes es muy arriesgado.

Ya conocía la respuesta, pero pregunté:

—¿Entonces?

—Pues no queda más remedio que llevárnoslo.

—Es una locura —protesté sin demasiada vehemencia.

—Ya sé que es una locura. A mí me fastidia más que a ti.

—No querrá subir a los aviones. Sabes que en cuanto esté en el aeropuerto pedirá volver. Y cuando vayamos al Amazonas…

—Pues se quedará en el suelo.

—Eh, eh. No lo pagues conmigo.

—Es que después de lo que he pasado, todo el mundo se ha puesto en mi contra. Parece que no pueda tener una ilusión. Enseguida viene alguien y me la tumba.

Seguimos el paseo con esa sensación hostil que poco a poco se colaba en nuestra relación y en la que cualquier palabra suponía un malentendido. Así que preferí callar, hasta que me detuve en un bar cerca de casa porque ya parecía evidente que íbamos a regresar sin solventar el problema.

—No me apetece tomar nada —dijo casi sin detenerse.

Me armé de valor por fin. Pensé: «Ahora o nunca».

—Quiero proponerte algo.

No hablé hasta que nos sentamos. Él no preguntó. No le pudo la impaciencia. Porque andaba tan metido en su gran desgracia, en lo mal que lo trataba la vida, lo poco que sus allegados comprendían al gran artista desgraciado que acaba de sufrir lo indecible, que solo veía dentro de sí.

—Por mucho que diga Idelfonso, llevarnos a Damián es imposible.

—¿Vas a empezar otra vez con eso?

—No. No voy a empezar otra vez con eso. Pero los dos sabemos que no podrá ser. Para él es fácil decirlo porque está allí, lejos. Solo iremos dos días y dos días los podrá tolerar.

—No se trata de tolerar nada, y si lo que quieres decirme es que mi hermano se lava las manos, como si estuviera allí por gusto o no nos hubiera invitado, prefiero que nos marchemos a casa antes de que…

—Para. Te voy a hacer una propuesta, ya te lo he dicho. Y quiero que la comprendas bien. —Se echó hacia detrás en la silla y se apoyó en el respaldo, un modo de postergar la actitud defensiva, pero con una visible desconfianza. Continué—: Sabes lo complicado que me resulta ahora abandonar un mes la oficina.

—¡Ah, vale! Ya sé por dónde vas. Nos conocemos.

—Sí. Voy por ahí. Porque te has empeñado en que debemos hacer ese viaje y me parece muy bien, pero no has...

—Tú no puedes imaginar todo lo que me he callado. Lo que me he aguantado. Me veías bien, pero la procesión iba por dentro.

—Yo no he pasado nada, ¿verdad?

—No como yo.

—Bueno. No creo que debamos medir quién ha sufrido más ni que arreglemos el problema con eso. Tienes el derecho a ir a ese viaje, también la obligación. Porque es un trabajo. Ahora forma parte de tu trabajo, puedes considerarlo así: un viaje de trabajo. Podrás desarrollarlo a tu aire si no me llevas detrás, si no tienes que preocuparte de mí. Te libro de dos cargas en un instante. Así, de golpe.

—Yo quería ir contigo. Se te pasa por alto, ¿no? A lo mejor es que ha llegado un momento en el que eso ya carece de importancia.

—No ha llegado ningún momento. Se han juntado una serie de circunstancias. Entre ellas mi trabajo.

—Dijimos que tu trabajo lo ibas a mandar a paseo.

—Es mi trabajo, Fran. ¿Cómo voy a enviarlo a paseo?

—Porque lo odias.

—Lo odie o no lo odie, es mi trabajo.

—Yo necesitaré ayuda. Voy a entrar en un proyecto ambicioso. Habrá que rebuscar en bibliotecas, en Internet, te pediré lecturas y relecturas.

—Pues apretaré los dientes y las haré. Como siempre.

—Ahora no es como siempre. Eso es lo que no te cabe en la cabeza. Lo que no consigues comprender. No somos lo miserables que éramos. Estoy ahí. Arriba por fin después de muchos años intentándolo. Voy a firmar con Anne R. Hemos subido varios escalones, en realidad hemos subido bastantes pisos. En ascensor. Y no pienso detenerme hasta que llegue a la azotea, ¿sabes? Porque tengo la amarga sensación de que si me detengo…

Se calló.

—Por eso creo que lo mejor es que me quede a cargo de Damián.

—Ya.

Hizo una mueca y el ademán de levantarse. Lo cogí por el brazo y lo senté.

—Quiero que vayas tú. Que lo pases bien, que disfrutes. Te lo mereces. Que vengas con esa novela en la cabeza. Tengo muchas ganas de leerla. No puedes imaginar las ganas que tengo, Fran. Las ganas.

«Las ganas».

VIII

«Yo era bueno y cariñoso; el sufrimiento me ha envilecido. Concededme la felicidad, y volveré a ser virtuoso».
MARY SHELLEY. *Frankenstein o el moderno Prometeo*

El lunes acudimos a la agencia con nuestra nueva propuesta. La chica movió la cabeza como diciendo que viajar solo suponía un gran inconveniente que aumentaba el precio y empeoraba sustancialmente las condiciones generales. Me preguntó más de mil veces: «¿Seguro que quiere perderse un viajecito como este?», y Fran le dijo que yo debía cuidar a un familiar. Al fin pasamos la tarjeta para cubrir la reserva y el datáfono ¡la aceptó!, lo que suponía, por una parte, una alegría inmensa y, por otra, que me había quedado sin fondos para mantener la burbuja de éxito de Fran. Sin fondos, apenas, para el día a día, más allá del saldo que dejaría para sus posibles gastos durante el viaje.

—Mira lo que dicen del hotel de París —leyó mientras regresábamos—: «... Desde Dalí y Zola hasta Warhol y Dylan, el hotel ha proporcionado reposo e inspiración para los muchos personajes icónicos que han agregado nuevas capas de riqueza a nuestra historia con cada año que pasa».

Desprendía entusiasmo. Sus ojos flameaban como en los niños. Sucediera lo que sucediera a partir de entonces, nada impediría el viaje, como nada borraría tampoco los momentos de satisfacción vividos con su libro, las ventas, las entrevistas… ¿No valía la pena haber soportado aquellas penurias y miedos por aquel instante con un Fran nuevo, tan distinto al moribundo que se extinguía unos meses antes en una cama, apenas sin fuerzas, conectado a oxígeno y goteros?

Ese lunes por la tarde quiso que lo acompañara a la reunión con la agente literaria Anne R. Nos recibió en un despacho ubicado en uno de los antiguos edificios del centro. Se había esmerado en la decoración: altos techos, puertas blancas, grandes estanterías, libros y más libros, luces de color, rojas, verdes, azules, camufladas en lugares recónditos, distintas alturas y una escalera por las que accedimos a un espacio con silloncitos blancos de piel, frente a una mesa de café. Anne R. hablaba con deje extranjero y se movía con exquisita elegancia. Se trataba de una mujer ya entrada en años, vestida con discreción juvenil y de apariencia y gestos afables. No imaginé ni por asomo en ese instante la importancia crucial que jugaría en el desenlace de mi historia, y ahora creo comprender por qué el destino me condujo hasta allí.

Nos invitaron a café, a pastas, y Fran se descolgó con una afirmación insólita.

—Victoria me lleva todos los asuntos.

Anne R. reclinó la cabeza en un ligero asentimiento y sin más preámbulos dijo:

—Tenemos que sacar partido al *boom*. Estas cosas si no las pillas al vuelo —chasqueó los dedos— se esfuman y desaparecen. Así que es el momento de mover la nueva novela. Y el que sea una segunda parte nos va a ayudar.

Después citó los países en los que la agencia disponía de subagencias y las editoriales extranjeras a las que se le podía vender en distintos idiomas, tantos que alguno me costó adivinar dónde se hablaba.

—Primero se lo ofreceremos a tu editorial, pero con mejores condiciones y garantías de promoción que *Si titila*; incluso con algún premio.

A Fran le tembló la voz y se atribuló un poco al hablar de su nuevo proyecto, del viaje, y aquellas ilusiones engrandecían mi temor, cuando nuestro castillo de naipes se derrumbara arrasado por el viento de la verdad.

—Necesito un título ya —dijo Anne R.

Fran se retrepó en el silloncito.

—¿Qué te parece *Y la luz persiste más allá del tiempo*?

Anne R. ladeó la cabeza, risueña.

—Algo un poco más original y menos sentencioso.

Fran permaneció callado unos segundos. Dijo:

—Bueno, había pensado un título así, más comercial, no había pensado tanto en la originalidad.

—La originalidad también es comercial. —Fran asintió. Estoy segura de que le gustaba Anne R., admiraba su innegable oficio. A mí también me gustaba—. Si queremos que se venda deberemos pensar en algo que impacte y esté relacionado con la trama. Ahí reside la grandeza y la dificultad de los títulos —dijo Anne R. pasando el platito de las pastas por delante de nosotros.

Entonces se me ocurrió una idea que regurgité mientras Fran desvariaba con títulos insulsos o estrambóticos y Anne R. reía o cabeceaba. Y la propuse:

—¿Qué tal *Una novela de éxito*?

Cuando llegamos a casa, Fran se había convertido en otro hombre. Tan seguro, tan feliz con su viaje, con su nueva creación, con las oportunidades que brinda el éxito. Un montón de editoriales se pegarían por él. Por su obra.

—Va a ser lo más comercial que he escrito. Ya verás. Lo más comercial con diferencia… —continuó—. La más…

«Comercial», repitió. «Comercial». Aquella palabra que tantas veces había considerado maldita, sinónimo de pésima literatura. Y recordé en silencio una cita de Camus que él repetía a menudo: «El éxito es fácil de obtener. Lo difícil es merecerlo», antes de que surgiera ese Fran al que ya no le obsesionaba la calidad sino la fama.

—Supongo que el *consejo editorial* —dije por la tarde a Munodi en nuestra cita de cafetería— evaluará la nueva novela de Fran y, si no la aceptan, Anne R. acudirá a otras editoriales y, a partir de ese momento, lo que suceda es una incógnita.

No hizo demasiado caso. Jugueteó con la taza y la cucharilla.

—Tengo que decirte algo.

No me miró, así que supuse que no se trataba de una buena noticia.

—Qué.

—Lo de la distribuidora no funciona. Hemos conseguido colocar muy pocos ejemplares. Las librerías rechazan la compra y van a morir a la distribuidora de la editorial.

Le dije que sí, aunque la verdad, ni lo entendía ni lo entiendo ahora. Pero tampoco me importó demasiado. Incluso puede que no dijera aquello exactamente. Quizá ya empezaba a sentirme derrotada. Yo, que siempre perseveraba en todo.

—Eso quiere decir que no vamos a cobrar.

Munodi forzó un mohín y rebuscó en la mochila.

Esta vez fui yo quien jugueteé con la cucharilla.

—Así que nos hemos quedado sin recursos para seguir moviendo el mercado, y con este revuelo encima se habrán enterado ya —dije—. O sea, que en cualquier momento salta todo por los aires.

—No sé. Hay por medio mucha burocracia. Entre que lo descubren, deciden qué van a hacer, si hacen algo…

Pensé que lo había dicho para tranquilizarme. Siguió revolviendo en la mochila hasta que sacó lo que buscaba. Descubrí entonces el verdadero motivo que lo había llevado allí aquella tarde. Colocó encima de la mesa un montón de billetes.

—No es mucho —dijo. Y pareció algo avergonzado—. Es todo lo que he podido rescatar.

Miré los billetes sobre la mesa. Los restos de la hazaña. Dijo:

—Supongo que… nuestra colaboración acaba aquí.

Munodi me cogió el envés de la mano. Añadió que habían sido unos meses muy gratos, también agotadores. Necesitaba descansar. Se marchaba una temporadita lejos, a casa de sus padres.

—A visitarlos y a reponer fuerzas.

Añadió que todo acabaría bien porque, a la postre, el mundo no era tan hostil ni tan injusto.

—Pero volveremos a vernos, ¿no? ¿O ya no vamos a tomar más cafés?

—Por supuesto. Solo estaré fuera un mes o dos.

Permanecimos en silencio, mirándonos. Dije:

—Ahora tengo que pasar por la inmobiliaria donde trabaja mi prima, porque para financiar todo este espectáculo, debí hacer un contrato donde vendía la casa en un plazo estimado que, gracias a la inusitada mejoría de Fran, no va a cumplirse. Y, por supuesto, él no sabe nada, ni remotamente puede imaginarlo, pero, en unos meses, deberé poner la vivienda en manos de un inversor o devolver el dinero que me entregó por duplicado, más tres mil euros por este nuevo aplazamiento.

Me miró con un gesto contrariado.

—¿No dijiste que el dinero salía de unos ahorros?

—¿Tantos ahorros?

—Pensé que se trataba de una herencia de…

—No todo.

Verlo tan apurado me provocó una risa nerviosa e incoherente.

—Pobrecito, no sabes qué decir.

Cierto. Se había quedado sin palabras. Me levanté y permaneció sentado. Al fin, dijo:

—Ojalá pudiera ayudarte.

Y yo pensé: «Ojalá».

Dos semanas y media más tarde, Fran se marchó por fin a su ansiado viaje. Lo llevé en coche al aeropuerto. Iba tan nervioso con el pasaporte, la documentación, los billetes, los folletos, los mapas, el dinero, las tarjetas, las pastillas…, que casi no prestó atención a nuestra despedida. Me dio uno de esos odiosos besos protocolarios, con la cabeza en otra parte y, antes de marcharse, cuando ya nos habíamos alejado el uno del otro, al menos tres o cuatro metros, dijo:

—Te traeré un regalo.

Llevaba una mochila de montañero y una maleta grande. Entre ambas, apenas se le veía. Tan delgado, tan mayor. Había envejecido al menos quince años durante la enfermedad. Y aunque había recuperado peso, no el aspecto juvenil o aniñado de siempre.

Hasta el último momento, cuando ya su silueta desaparecía en la distancia, esperé que se girara para decir adiós, pero se perdió en el pasillo que conducía al avión. Me entró esa morriña propia de las despedidas y me senté en una de las sillas de espera. Permanecí un buen tiempo allí, consciente de que habíamos vivido nuestro último encuentro afortunado y de que, cuando regresara, la relación sería diferente porque debería enfrentarlo a la impía verdad. Desmontar el sueño. Sumirlo en la pesadilla de la ruina.

Llamó cuando empezaba a ponerme nerviosa tras tanta espera.

—Ya estoy en Guayaquil.

—¿Ha sido muy pesado?

—Un poco. Y con retrasos. Cuando llegue al hotel vuelvo a llamarte o te envío un wasap.

Pasé el resto del día atenta al teléfono. Hacia el final de la mañana, recibí su entusiasta llamada. El hotel se encontraba en el parque histórico de Sarombodón, y la habitación daba a un jardín. Enviaba varias fotos y llenaba el mensaje con esas caritas de ojos corazones.

No puedo decir que el mensaje me levantara el ánimo. Al contrario. Me recordó cuando a Fran le comunicaron en el hospital la gran noticia de la publicación. La ilusión de lo que podía ser y nunca sería.

A eso me recordó.

La presencia silenciosa e indiferente de Damián no ayudaba a que me encontrara mejor. Aunque salió varias veces de su cuarto, no le preparé la comida. Un pequeño acto rebelde contra tanta bonhomía. ¡Ay!, cuántas veces me he acordado después de aquella bonhomía no tanto provocada por el amor como por la misericordia. La de reproches que reprimí en silencio por no lastimar a Fran. La de veces que me comporté como una tonta para evitarle el dolor, consciente de que su tiempo era limitado, más limitado que el mío, y de que, en consecuencia, poseía más derechos que yo.

Lo imaginaba disfrutando de su habitación de lujo, acariciando el sofá y las paredes y la colcha de la cama y el escritorio —en la agencia había insistido mucho en reservar habitaciones con escritorio— y las cortinas y el butacón estampado y el reposapiés también estampado.

Volvió a llamar por la noche. Con tanta alegría manifiesta en su tono de voz, en sus palabras, en el proyecto, que le costaba centrarse como si no fuera capaz de contener lo que llevaba dentro. Ojalá yo hubiera gozado con aquella misma animosidad.

—Parece que te moleste —dijo.

—Cómo me va a molestar.

—Estoy viviendo uno de los mejores momentos de mi vida y esto no ha hecho más que empezar. Y cuando te lo cuento, solo obtengo silencios y esa impresión de que viajamos en distinto barco.

Quizá el Fran de antes hubiera rechistado al escuchar aquello de «en el mismo barco o en distinto barco», pero no el Fran de ahora. Tampoco yo me comportaba como la Victoria de antes. Me quemaba bajo la agujereada protección de su sombra.

—Tú estás ahí, Fran, viviendo eso con intensidad. Yo estoy en casa, trabajando mucho y cuidando de tu hermano. No me pidas que mantengamos la misma euforia. —Iba a añadir que esperaba ansiosa su nueva novela, pero no me dejó proseguir.

—No. No empecemos otra vez.

Quise preguntar «¿No empecemos otra vez a qué?». Pensé que había guardado todo el tiempo los reproches y que en la distancia había adquirido el valor para soltarlos de golpe.

—Ya sé que pertenecemos a distintos universos. Quizá siempre haya sucedido así. Y ahora lo único nuevo es que somos capaces de verlo con mayor claridad.

—Fran…

—Cada vez que hablo contigo retrocedo diez pasos, y ya estoy cansado, ¿entiendes? Aguanto, aguanto, aguanto, me digo: «No voy a hacer caso», pero al final... —Se quedó callado—. Me vences, ¡Victoria! Me derrotas. Y no pienso detenerme ahora porque tú estés tirando hacia detrás todo el tiempo. Antes corto la cuerda.

Tras aquella discusión, no llamó. No al día siguiente. No dos días después. Le escribí varios wasaps. Y empecé a preocuparme por si le había sucedido algo malo. Una recaída. Un accidente.

«Al menos dime si estás bien».

Una hora y tres minutos más tarde recibí su mensaje:

«Todo bien».

Fue una respuesta demoledora. Al principio la acogí con la alegría de saber de él tras tanto tiempo de espera, luego me fue destruyendo su frialdad.

Y me quedé en el sofá, desconectada del mundo hasta que un disparo en la tele me sacó del ensimismamiento y después la risotada de Damián, que se encontraba a mi lado, comiendo —siempre comiendo—. Me entraron ganas de decirle que se marchara. Volvió a reírse. Contuve el arrebato de chillarle: «¡Cállate, Damián, cállate de una vez!». De lanzarle algo a la cabeza. Lo primero que encontrara, y él seguía riendo y riendo sin cesar. Pero lo único que hice fue levantarme y apagar la tele. Entonces se calló de súbito. No protestó y me marché a la habitación. Me tumbé en la cama e intenté no pensar.

Sobre la mesita se encontraba *Si titila* con su fulgurante portada astronómica.

Transcurrió aquel odioso mes de ausencia en el que Fran apenas respondía a mis mensajes y en el que eché mucho de menos las tardes de café con Munodi, hablar de cine, de literatura, de las ventas, de las reseñas o de simples naderías, y encontré en el trabajo —que siempre me había parecido odioso como afirmaba Fran—, el único modo de olvidar lo que ya estaba sucediendo, pero especialmente de lo que se avecinaba.

El día en que Fran regresó, estuve tan nerviosa como en nuestra primera cita. Le escribí:

«Iré a recogerte, dime a qué hora llega el vuelo».

Entonces ya se encontraba en París. Había pasado toda la etapa de Ecuador, la visita a su hermano. Escribió:

«No te preocupes, llamaré a un taxi».

«Iré yo».

No contestó, así que cogí las llaves del coche y su novela, porque me pareció el mejor modo de desatascar los silencios si la conversación se encallaba.

Antes de salir, Damián dijo:

—¿Vas a por el tete?

Respondí que sí y di un portazo.

Abrió y se asomó al rellano.

—Yo voy.

Bajé por las escaleras hasta la calle. Ahora me duele haberlo preterido. No aquel día, sino durante todo el mes en que convivimos solos. Y después, porque ya no conseguí sentir nada por él, nada distinto a rabia; esa rabia hacia la vida que proyectaba en Damián para salvarme.

El vuelo se retrasó y, como llegué una hora antes de lo previsto, la espera se me hizo eterna. Recordé aquel pasaje de *Si titila es una estrella* que formaba parte de otro instante, lejano en el tiempo; el mismo aeropuerto, los mismos protagonistas, él, yo y uno más, su hermano Idelfonso, conformaban una escena del pasado que no me gustó revivir entonces.

> El avión llega con cuarenta y tres minutos de retraso y en la sala de espera Fran se siente más impaciente que las otras veces que ha acudido a esperarlo. Félix M. no sabe nada, no le ha dicho por teléfono, estoy saliendo casi cinco meses con una chica que se llama Victoria, no paro de pensar en ella. Pienso en ella hasta estando con ella, y cuando Félix M. aparece flamante con su gabardina en el antebrazo, la maleta en la mano, el traje corbata gris perla y Fran lo saluda desde lejos, le entran unas absurdas ganas de llorar, como si en ese momento una voz le hubiera susurrado en el cerebro, esto es la felicidad, Fran, ¡esto, atrápala!

Es un señor, dirá más tarde Victoria, cuando se queden a solas, un señor que impone, tan alto, tan elegante, tan repeinado, tan mayor, tan, pero ahora lo observa hola, hola, te presento a Victoria; vaya. Félix M. sujeta la gabardina con la barbilla y extiende la mano, Victoria se ha quedado a medio camino para darle un beso, seguro que le sorprende tanto protocolo, y a Fran le da un poco de risa, porque ya se acostumbrará, ya te acostumbrarás Victoria al protocolo de la exquisita educación; Fran me ha hablado mucho de usted; no me hables de usted porque si me hablas de usted yo también deberé hablarte de usted; no, yo no quiero que me hablen de usted, no me gusta; llevamos juntos ya unos cuantos meses, interrumpe Fran; genial, ¿y tú qué haces, Victoria?; ¿qué hago de qué?; ha estudiado formación profesional y ha hecho prácticas en algunos ayuntamientos; ah; y ahora trabaja por las mañanas en una empresa de suministros luminotécnicos, lo de luminotécnicos lo ha dicho porque da empaque, luminotécnicos, aunque no se pueda impresionar a Félix M. ni con esas palabras; ¿seguimos?, dice mientras emprende la marcha y mira el reloj, me está esperando un cliente y el avión se ha retrasado casi una hora. Camina rápido incluso por la cinta transportadora donde tampoco se detiene como el resto de pasajeros, Fran le ha cogido la mano a Victoria y ambos lo siguen a rebufo hasta la cola de los taxis; ¿adónde vais?; pues a dar una vuelta; entonces cogemos el mismo taxi, que me deje primero a mí y luego que siga, ¿vale?; ¿y tú también escribes, Victoria?, le pregunta una vez han subido; no qué va, yo no; a mi hermano le encanta la literatura, si tú dices que yo sé mucho, Félix M. sabe un millón de veces más; últimamente no leo casi, replica él desde el asiento delantero, solo mamotretos jurídicos y aburridísimas demandas, se gira de vez en cuando, no del todo, como aquejado por una tortícolis; por la ronda iremos más rápido, dice Félix M. al taxista, ¿y qué haces en la empresa de suministros luminotécnicos, Victoria?; facturas; facturas y contabilidad; y la administración, se apresura a matizar Fran, lleva toda la administración. Félix M. no responde, siguen hablando de nimiedades, hasta que dice, aquí va bien y el taxista se detiene, ellos continúan, él se apea en el centro, da un par de billetes a Fran, paga con esto y lo que sobre la invitas al cine o a cenar, un placer, Victoria, y de nuevo extiende el brazo muy protocolario, a ver si en estos días podemos hablar con más calma y conocernos mejor.

Y cuando cierra la puerta y el coche inicia la marcha, Fran dice, ¿a que es una pasada? Y ella asiente y añade aquello de tan alto, tan elegante, tan mayor…

Cuando vi a Fran en el aeropuerto, me provocó una extraña sensación de primera vez. Le había dado el sol, se había dejado crecer la barba, vestía de manera descuidada, la camisa y los pantalones con arrugas, y ese aspecto general de desaliño le favorecía.

Me acerqué a abrazarlo y me detuvo con la misma frialdad de los mensajes.

—Te dije que no hacía falta que vinieras.

—Pues he venido.

Cargó las maletas en el coche y subimos. Como me aterraba el silencio, intenté parecer natural.

—Bueno, y qué, cuéntame.

Dijo:

—Bien.

—¿Has escrito?

—Algo.

—¿Has estado con tu hermano?

—Sí.

—¿Has visto su casa?

—Sí.

Cada pregunta y cada respuesta me dolían un poco más.

—Un mes fuera y no tienes ganas de hablar.

—...

—Por una estupidez, porque me pillaste en mal momento...

—Ha habido demasiados malos momentos. El viaje me ha ayudado a comprender. Demasiados malos momentos.

—No. No es verdad.

«No es verdad», repetí, y ya no hablamos más. Llegamos a casa. Damián se levantó al ver a su hermano. Se abrazaron sin demasiada convicción. Fran entró después en la ducha, pretextó mucho cansancio y se marchó a dormir.

Pensé que había llegado el momento. Un mal momento mucho peor que aquellos malos momentos a los que se refería Fran. Un mal momento para mí, pero que me descargaría de parte del dolor. El momento de una confesión ineludible desde el principio. Lo sabía. En nuestra casa, en la vida de Fran, nada se hacía o deshacía sin el conocimiento y el consentimiento del plenipotenciario Abogadísimo. Solo él podía ayudarme.

Bajé a la calle, inspiré muy hondo, marqué su número.

—Sí, Victoria, qué sucede.

Aun después de tantos años, siempre que hablaba con él debía reprimir el impulso de tratarlo de usted.

—No. No pasa nada. Quiero decir..., Fran está bien.

—Vaya, qué susto.

—Te he llamado porque necesito que me hagas un favor muy grande.

Dijo algo así como «adelante», y proseguí:

—Ya sé que no debería pedírtelo por teléfono, pero no he encontrado el momento.

—Tranquila, no pasa nada.

Aquel «tranquila» me impacientó aún más.

—Dime lo que tengas que decir y te ayudaré en lo que pueda. Faltaría más.

—No sé por dónde empezar. Quiero contarte toda la verdad y confiar en ti, sé que no dirás nada de esto a Fran —ni mucho menos estaba convencida de ello, pero lo aseveré como si se tratara de una verdad absoluta—, que no le dirás nunca que hemos hablado. Eso es lo principal.

Tardó un instante en decir:

—Di.

—No puedes imaginar lo que he hecho, Idelfonso. —Me asustó un poco más notar que comenzaba a intranquilizarse. Quizá solo se tratara de la proyección de mi propio miedo, porque ¿cómo iba a notar eso por teléfono?—. Cuando diagnosticaron a Fran, no me dieron esperanzas, no me dieron esperanza de que…

—Pero él no sabe nada. Ahora se encuentra perfectamente y no tiene por qué conocer la gravedad de su estado anterior.

—¡No!, claro que no. No es ese el problema. El problema ahora no es la salud de Fran. El problema es que yo les hice caso. Hice caso a todos los médicos, a sus malos augurios, y entonces se me ocurrió una *brillante* idea. Pensé que Fran no se marcharía de este mundo sin ver cumplido su sueño. Tú sabes bien todo lo que anhelaba publicar su novela.

—¿Qué significa eso?

—Se me ocurrió que si montábamos una red para adquirir los ejemplares conseguiríamos que ese sueño cobrara vida y apariencia de realidad.

—¿Una red?

—Una red de compras. Con agentes en distintas ciudades.

—¿Qué? Una editorial como… ¿se prestó a eso?

—No. Pero conseguí que publicaran la novela.

Después de haber dicho aquello, me sentí un poco mejor.

—Entonces ¿se han realizado las compras de esa red ficticia o no?

—Sí.

—¿Y cómo?

—Un chico me ayudó.

—¿Te ayudó a qué?

—A comprar. Gracias a la mediación de contactos en distintos lugares.

—…

—Yo me movía solo por el deseo de que tu hermano fuera feliz, y que esa felicidad le ayudara en la curación.

—…

—Y podré haber montado un gran lío, seguro que he montado un gran lío, pero funcionó, ¡eso funcionó, Idelfonso!

—…

—Funcionó hasta el punto de que, en contra de la opinión generalizada de los médicos, Fran vive y se ha ido él solo de viaje al otro lado del mundo. Algo impensable hace meses.

Supuse que en todos aquellos silencios intersticiales estaría rumiando lo que le había contado, analizando los pormenores con esa mente prodigiosa que le había llevado a ser el Abogadísimo, a conducir coches de lujo, a poseer viviendas en muchas ciudades grandes y casas de campo y apartamentos en lugares paradisíacos.

—Pero ¿es posible, Victoria? —concluyó al fin, sin alterarse, porque el Abogadísimo nunca se alteraba, nunca perdía los modales aprehendidos en países donde es más importante controlar las vísceras que exponer la verdad abiertamente.

—La prueba está ahí fuera. Fran es superventas.

—Voy a hablar con la editorial.

—No. No, por favor. Si hablas, todo el mundo sabrá lo que hice. ¿Imaginas qué pasaría si se enterara tu hermano?

—Se va a enterar de todos modos.

—No si me ayudas.

—Si te ayudo. ¿Y en qué puedo ayudarte a estas alturas?

—En mucho. Pero ahora depende de tu voluntad.

—Mi voluntad es total, Victoria, eso no lo dudes. El problema es que no entiendo nada. ¿Y las críticas?, las revistas, la televisión...

—Todo eso también lo compramos.

—¿Lo comprasteis? ¿Cómo que lo comprasteis?

—Con mis ahorros y los de tu hermano.

—Cuánto es eso —preguntó sin entonación.

—Todo cuanto teníamos.

—…

—Y no hubo suficiente.

—Te has endeudado.

—Me he endeudado, sí. Con prestamistas usureros y créditos de consumo. Con todo aquel que me prestara algo de dinero. Pero lo que me preocupa no es eso. Esos vencimientos quedan muy lejos aún. —Aguardó la siguiente información. Y me lancé al vacío—: Vendí la casa.

—No has podido vender la casa.

Le hablé del inversor. De mi prima Ester. Del contrato, del anexo al contrato, de la penalización, de la compra privativa de mi parte, de los derechos hereditarios futuros, y él permaneció mudo, con otro de esos silencios terribles que me rompían por dentro.

—Y ahora llega el problema —le dije.

En estos momentos, mientras lo escribo, suena cómico contarlo así. Tan cómico que no soy capaz de evitar una sonrisa, cierto regocijo. Imagino al Abogadísimo ansioso por contárselo a mi cuñada May.

—Ahora llega —repitió.

—El problema es que no me queda dinero para seguir manteniendo la mentira.

Carraspeó.

—Llegados a este punto, Victoria, ¿qué quieres que haga? ¿Qué me estás pidiendo?

—Te estoy pidiendo que sigas salvando a tu hermano.

—No. De verdad. Qué me estás pidiendo de verdad.

—Eso.

—Sin juegos sentimentales, ¿qué estás proponiendo exactamente?

Idelfonso sabía la respuesta de sobra. Pero deseaba que la dijera, como una manera de martirizarme y vengar todas mis meteduras de pata, para él se trataba de eso: gigantescos errores jurídicos de difícil solución que habían llevado a su hermano a la ruina —lo que lo obligaba moralmente a prestarle ayuda—, y no un modo de sanarlo por mucho que yo lo repitiera. Un medio de sanarlo más eficaz que el de los médicos.

—Victoria, lo que has hecho es un delito.

—¿Comprar libros?

—Manipular el mercado.

—Un delito para crear una ilusión.

No siguió debatiendo.

—El problema es que hay tantas… —omitió las palabras, pero a mí se me quedaron grabadas igual: «fisuras», «deficiencias» o quizá algo más brutal «barbaridades», «estupideces»—, que no sé cómo… no consigo imaginar qué sucederá cuando explote, de verdad.

—No explotará si no quieres.

—No me pases la responsabilidad. —Y seguía con su calma de siempre, tan cerebral y comedido—. Explotará, seguro. Ahora hay que intentar minimizar las consecuencias, pásame lo que tengas. Pagos, recibos, contratos…

—No tengo nada.

—¿Pero cómo que nada? El documento de venta de la vivienda. A ver cómo se las han ingeniado, eso lo tendrás, y el anexo de la prórroga. Envíame todo. ¡Ah! Y otra cosa, me gustaría hablar con tu amigo, el de las compras.

—Con Munodi.

—Vaya, Munodi. El señor Munodi y los viajes de Gulliver. ¿Se llama Munodi de verdad?

—Es el nombre que utiliza en su blog.

—Quiero saber exactamente cómo ha montado la red. Cómo se las ha ingeniado él solo para que nadie se entere y cuál es su responsabilidad en todo esto.

—No. No. No. Escucha. Él no tiene ninguna responsabilidad. Todo lo monté yo. Fue idea mía. Yo creé la distribuidora. Yo figuré en los documentos. ¿Entiendes? Él solo se prestó voluntariamente a ayudarme cuando se lo pedí y cuando...

—¿Qué distribuidora?

—Al final, muy al final, creamos una distribuidora para que los libros que entraban, salieran también; así recuperaríamos dinero. Pero no funcionó por varios motivos, entre ellos, que los ejemplares ya eran considerados de segunda mano y no se podían vender como nuevos…

Me interrumpió a mitad.

—Creo que no eres consciente de todos los problemas que puede acarrearte lo que has hecho. A ti y a mi hermano.

—Lo sé. Eso ya lo sé. Lo que te estoy preguntando ahora es si me ayudarás.

Idelfonso repitió:

—Te estoy ayudando, Victoria.

—No me refiero a este tipo de ayuda. Tú sabes a qué me refiero.

—Te estoy ayudando tanto que voy a ir y a comprobar qué ha pasado y cuál es la verdadera situación.

—La verdadera situación es la que te he contado.

—No. —Y añadió antes de colgar—: No, Victoria. Yo creo que no, que esa no es la verdadera situación.

IX

> «El espíritu se encuentra siempre en tensión; y justo cuando empieza a aclimatarse, se ve obligado a cambiar aquello que le interesa por nuevas cosas que atraen su atención y que también abandonará en favor de otras novedades».
> MARY SHELLEY. *Frankenstein o el moderno Prometeo*

Mientras Idelfonso analizaba el entuerto desde su distante trono de sabiduría y perspicacia, en mi casa se respiraba una tensa aspereza que me obligaba a huir, cada vez más, en recurrentes paseos sin destino por la ciudad. A veces cogía un autobús y me sentaba al lado de la ventanilla durante horas, observando el mismo paisaje de calles y avenidas, jardines y monumentos que me llevaban a épocas felices junto a Fran. Cada rincón atesoraba un recuerdo, la mayoría insignificantes, pequeños ladrillos que habían edificado el templo de nuestra felicidad. Y aunque en casa intenté retomar con Fran esas conversaciones rutinarias y vaporosas que solidificaran la relación o mantener con él elevadísimas charlas sobre literatura, sobre su literatura, la LITERATURA con mayúsculas, siempre acabábamos discutiendo. Le molestaba tanto que hablara o le preguntara que fue sustituyendo los silencios por ausencias, marchándose a la biblioteca a continuar allí esa segunda parte que, a juzgar por las apariencias, le causaba más problemas de los esperados. Supongo que no le ayudaba el clima hostil instaurado en nuestra pareja o la drástica caída de las ventas. O cierta llamada a la que respondió con monosílabos y que, después averigüé, provenía de Anne R.

Así que muchas veces me encontraba sin más compañía que la de Damián mirando la tele, sin voz, porque desde los berridos de su hermano, siempre que la encendía, con austera obediencia que ahora me inspira compasión pero que entonces me irritaba, bajaba el volumen hasta el más completo silencio.

Me costó acostumbrarme de golpe a aquella lánguida soledad de días enteros sin noticias del mercado editorial, sin reuniones con Munodi. Transcurrieron semanas, porque lo siguiente que recuerdo es que la cita con el médico de Fran parpadeó en mi calendario. A las diez de la noche el aviso nacía con doce horas de antelación. Volví a insuflarme naturalidad antes de llamar a la puerta de su cuarto. Ahora se trataba ya solo de *su* cuarto y últimamente se cerraba. Tardó en responder:

—Enseguida saldré.

Fue un «enseguida» muy largo, durante el que reprimí estoica las ganas de llamar una segunda vez. Hablaba con alguien por teléfono. Su tono distendido, incluso algunas risas, me tranquilizaron un poco. Por fin apareció, despeinado y de nuevo serio.

—Encima de la mesa de la cocina te he dejado una tortilla —le dije.

Entró y, antes de retirarse a su cuarto, se detuvo con el plato en la mano.

—Tienes que arreglar lo del banco. No sé lo que pasa últimamente, ayer intenté sacar dinero y no me dejó.

—¿Y aquí en casa no queda nada?

—No. No queda nada.

—Jolín. En el cajón había…

—Habría lo que habría, pero no queda. Así que arréglalo ya de una vez porque no vamos a estar siempre igual. Mira qué pasa con los traspasos del depósito o lo que sea, o lo cancelas y lo metes todo en la cuenta. Ahora voy a necesitar dinero.

—Vas a necesitar dinero.

Me miró como si no comprendiera mi respuesta. Y asintió con varios movimientos de cabeza al tiempo que separaba las dos manos.

—Sí.

—¿Dinero para qué?

—Para lo que yo quiera, ¿no?

—Vale. Pero tendré que saberlo, porque deberé pasar una cantidad u otra.

Resopló y dejó el plato sobre la mesa.

—A ver. Lo sacas todo. Lo dejas en la cuenta corriente y Santas Pascuas.

—Bueno, pero puedo, puedo, ¿puedo saber para qué? Porque el dinero es de los dos —lo dije aun consciente de que esa respuesta solo me acarrearía malísimas consecuencias.

—Pues no lo sé todavía, pero si quieres, partimos la cantidad por la mitad y que cada cual disponga. ¿No?

—No es necesario.

—Sí. Sí es necesario, así evitaremos roces como este.

Se notaba que se contenía. Eso me asustaba aún más. Habíamos llegado a un punto en el que cualquier intercambio de palabras derivaba en discusión.

—Porque cuánto queda. Si quieres descuenta el coste de mi viaje, lo divides por la mitad e ingresas el resto.

Como no respondí porque ya no sabía qué decir, abrió el cajón del mueble, sacó un papel y un bolígrafo:

—Vamos, cuánto había. Sin contar lo de la venta del piso de tu madre: ¿ochenta, noventa mil?

—Por ahí.

—¿No sabes cuánto había?

—Sí. Ochenta mil.

—Bien. Ochenta mil. ¿Cuánto costó el viaje? En total. Con mis gastos.

—No sé…

—Tiremos por lo alto. Quince mil. ¿Vale? Es muy fácil. Ochenta menos quince, cincuenta y cinco. —Lo escribió, nervioso—. Dividido entre dos…

No le salieron las cuentas, lo que me dio a entender que aquella escena no había nacido del impulso ni del enfado, sino de la premeditación. Corrigió entonces sus errores.

—Cincuenta y cinco no, sesenta y cinco. Dividido entre dos, treinta y dos mil quinientos. Ingresas treinta y dos mil quinientos euros y yo ya los transferiré adonde quiera.

No quise preguntar más porque no estaba preparada para seguir la conversación. Así que cambié de tema.

—Mañana tienes médico.

—Ya lo sé.

—Iré contigo.

Temí que se negara. Pero solo dijo:

—Donde debes ir es al banco.

Y lo quise entender como un «también», un «también debes ir al banco, además de acompañarme al médico».

Porque ¿cómo permitir que fuera solo a la cita?

En los siguientes días se precipitaron los sucesos y ahora, al reordenarlos, me viene a la cabeza la imagen de esos bisontes que salen en tropel del aprisco. Esa es mi impresión de aquel mes que empieza con la conversación de la noche anterior a la consulta. Por la mañana andaba demasiado preocupada —el banco, el médico, el curso de las investigaciones de Idelfonso— para centrarme en los pormenores de nuestra relación, pero me pareció por un instante que recobrábamos un trozo de pasado; quizá solo se trataba de mi propia ansia, del deseo de estabilidad, esa estabilidad que se derrumbaría en unas horas, cuando acudiéramos al banco en busca del inexistente dinero para realizar un reparto imposible.

Antes debíamos pasar por la consulta. Y todos los grandes problemas podían reducirse a ceniza con una frase como la que dijo el doctor unos minutos más tarde:

—Tenemos que ver…

—¿Tenemos que ver qué? —preguntó Fran.

Ese tipo de frases borran los desencuentros y las discusiones. Dirigen la vida a otra dimensión: «Tenemos que ver…». Y también nos transforman en humanos. Le cogí la mano. El médico prosiguió:

—Vamos a pedir otros análisis. Ahora diré que vengan, te sacan sangre y, en el momento en que estén los resultados, te llamamos.

—¿Cuánto tardarán?

—Dos, tres días.

No sé qué matizó acerca de que no podían disponer de ellos antes por un índice o algo que debía evolucionar.

Salimos de allí derrotados. Nos había caído la amenaza encima. La AMENAZA con mayúsculas. Como su LITERATURA. Le cogí la mano y no protestó.

Caminamos en silencio. Dije:

—Será una tontería.

Me pareció banal, pero no se me ocurría nada más. Lo último que imaginé en aquel instante fue su respuesta:

—Vamos.

—Adónde.

—Al banco.

Durante las semanas de soledad, desde nuestro distanciamiento, no había dejado de pensar en cómo decirle que me había gastado el dinero para encumbrar su libro. No le contaría la verdad completa y descarnada. Omitiría las valoraciones de la editorial y añadiría que el éxito de la campaña —pensaba disfrazarlo como una campaña— había sido limitado. Sin lo fundamental, sin una novela como la suya, no habría funcionado, bla, bla, bla... Por supuesto, silenciaría lo de la venta de la casa y lo de la compra de ejemplares.

Pero ¿era el momento? ¿Ese día? ¿El día en que el doctor nos había dejado tal carga de incertidumbre?

—No vamos a ir al banco hoy. —E intenté ser lo más contundente posible—. Es una tontería. He llamado a la gestora de cuentas esta mañana antes de salir.

—¿Y?

—Ya lo sabe.

—¿Y? —volvió a preguntar.

—Pues que en un par de días lo rescata del fondo y hará el ingreso en la cuenta corriente. Setenta y dos mil cuatrocientos tres —inventé—. Así que el cálculo a mitad será más de lo que calculaste. Ahí ya está descontado el viaje.

Habíamos acudido a la consulta a pie y aunque nos quedaba más de media hora de camino, no nos planteamos otra opción.

—¿Y no tenemos que firmar?

Lo preguntó. Pero con aquella inocencia propia de su desconocimiento financiero.

—Lo gestioné yo todo. Por eso no te preocupes.

No protestó más. Y pensé que quizá empezaba a madurar lo que le había dicho el médico.

Entonces me llamó Idelfonso.

Los bisontes. El redil. La estampida.

Pensé en no responder. Pero ¿no habría levantado aún más sospechas?

Dije: «Tu hermano», al tiempo que mostraba la pantalla para que él la viera bien. No le pasé el teléfono —no cometí semejante imprudencia— sino que toqué el botón verde y me lo llevé a la oreja.

No me dio tiempo a saludar. Idelfonso dijo:

—Mañana tomo vuelo y por la noche estaré ahí.

Respondí:

—Aquí está, vamos paseando. Venimos del médico.

Idelfonso preguntó:

—¿Qué le han dicho?

—Bueno. Van a hacerle pruebas, porque uno de los índices de no sé qué se ha desbaratado y quieren controlarlo un poco más. ¿Quieres hablar con tu hermano?

Respondió que sí y le pasé el teléfono. Al principio Fran contestó con frases de una sola palabra. «Bien», «Veremos», «Sí», «Depende»... Hasta que Idelfonso debió de preguntar por su novela, porque Fran respondió:

—Me cuesta. No encuentro la voz. El tono. Nada. Se me atraganta. No sé…

—…

—Se han parado. Anne R. dice que es lo normal. Que lo normal es que el mercado se comporte anormalmente.

Idelfonso y yo no quedamos por la noche. Pasadas las once y media, me escribió un mensaje:

«Ha habido retrasos. He llegado muy tarde. ¿Podríamos vernos mañana a las diez?».

Por supuesto dije que sí, aunque aún debía averiguar cómo me las ingeniaría una vez más en la oficina. Germán estaba cansado de tantas faltas. Me había sugerido una excedencia. Sin sueldo. Ingresos cero. No podíamos permitirnos semejante ruina. Para sobrevivir vendí recuerdos familiares de valor. Las pulseras, sortijas y collares de la Tita, el oro que acaudaló su padre después de una vida trabajando en una joyería. Con eso resistiríamos un par de meses. Y de nuevo el «después». La amenaza del «después», porque no llegábamos. Hasta ese mes crucial en el que me aguardaba el inversor con sus voraces fauces entreabiertas.

El Abogadísimo me escribió un mensaje con el nombre del hotel y llamé a la oficina para hablar con Germán. Pretexté que Fran andaba con fiebre y dijo:

—Pues no sé cómo nos las vamos a apañar otra mañana más, porque hay informes que solo conoces tú, y esto ya...

—Si luego más tarde se recupera un poco, voy.

Y cuando salí a la calle, temí que alguien me viera, que descubriera la mentira. Otra vez la mentira. Vivía sobre la cuerda inalámbrica de la mentira.

Idelfonso aguardaba en la cafetería. Sentí eso que llaman *dejavú*, como si hubiera vivido antes la escena, aunque nunca me había reunido con él allí; en realidad no me había reunido con Idelfonso en ninguna otra parte.

Se levantó al verme y me senté a su lado sin darle dos besos. Estaba segura de que, por mucho que fingiera detrás de sus exquisitos modales, no le apetecía. A mí, menos. No había conseguido conciliar el sueño en toda la noche. Pensaba en la cita. Las hipotéticas conversaciones con Idelfonso, distintas cada vez, cordiales, comprensivas, tensas, hasta risueñas en pleno delirio de la duermevela.

Antes de hablar, me miró. Y dijo:

—Cuéntamelo todo otra vez.

Repetí el relato sin pausas desde el primer momento. Apenas preguntó. Solo me miraba fijamente.

Cuando terminé, me mostró el móvil.

—Vamos a repasar el número de tu amigo.

—Qué amigo.

—El de Gulliver. Porque no me ha cogido el teléfono después de mil llamadas.

Busqué el número de Muncdi. Comprobamos que coincidía. Mi cuñado se reclinó un poco sobre la mesa, como dispuesto a realizar una confidencia.

—No tomes a mal lo que voy a decirte, Victoria, pero creo que has sido un poco ignorante.

No lo decía enfadado sino con la calma premeditada de muchas horas de avión.

—Sí, eso ya lo sé. No hace falta que vengas a recriminármelo.

—No. No te estoy recriminando, pero no lo sabes. Lo malo es que no lo sabes. —Bebió—. Han estado jugando contigo. Todo el tiempo.

Me encantó que utilizara el verbo *jugar*, que me remitió a la inconsciente paz infantil. Yo juego, tú juegas, ellos juegan… El camarero trajo las bebidas. Idelfonso cogió su copa, donde había muchos cubitos y un limón sumergidos en un líquido azulado.

—¿De verdad piensas que habrían permitido que tú y un desconocido montarais semejante estructura a sus espaldas por… siete u ocho ediciones? —Alzó la vista—. ¿Cuánto es? ¿Veinticinco, treinta mil ejemplares? ¿Por eso se iba a arriesgar la editorial? ¿Y resulta admisible que no se dieran cuenta de lo que sucedía?

—No te entiendo.

—Victoria, Victoria, Victoria…

Me molestó bastante su irritante condescendencia. Permanecí un tiempo indagando en lo que pretendía decirme. Y no muy segura pregunté:

—¿Tú piensas que la editorial colaboró? ¿Es lo que pretendes decirme?

Me miraba como si esperara que yo dijese la respuesta.

—Fui yo la que lo pensé. La que monté la red. Establecí los contactos…

—No es eso lo que me has dicho.

—Cómo que no. Encontré la persona que podría ayudarme. Juntos…

—Juntos —repitió.

—Sí.

—Y tú lo encontraste.

Había vuelto a perderme y quedé a la espera. Dijo:

—Victoria, lo de ese chico… Munodi. Es de manual.

—¿De manual?

—Por favor… No lo encontraste tú a él. Te encontró él a ti.

No conseguía centrar el pensamiento. Una polilla deslumbrada por la luz. El primer encuentro en la librería, las sucesivas tardes de café.

La engañadora engañada.

—Por eso no contesta. Ni contestará. Su trabajo ha terminado. Regresó a su lugar de procedencia y no lo verás más. No existe esa distribuidora. No hay ninguna sociedad a tu nombre. No la ha habido jamás. Por muchos papeles que firmaras.

Me callé todo lo que pensaba en aquel instante. Intenté, incluso, mostrar indiferencia. Idelfonso proseguía:

—Así que sabemos lo que han hecho, aunque no conocemos del todo el porqué.

Y yo dije «Bueno, pues para que tu hermano sea superventas», pero ahora estoy segura de que entonces el Abogadísimo ya sospechaba cuánto me equivocaba.

—Hay que ver cómo actuamos para que Fran salga indemne.

—No puede enterarse, si se entera…

Idelfonso dejó caer la mano en mi antebrazo. Y con cierto tono entre irónico y recriminatorio, dijo:

—Por eso estoy aquí. Por eso he dejado a mi familia. Por eso he retrasado asuntos importantes con clientes importantes.

Iba a replicar «Lo siento» o algo parecido, pero me pareció una estupidez. Solo me salió un lamento:

—Estoy en un apuro.

—A partir de ahora es mejor que no hagas nada, nada de nada, sin que yo lo sepa.

—No me refiero a ese apuro.

Idelfonso, el Abogadísimo, me observó con sus ojos de ave rapaz.

Le conté lo del dinero. Lo de mi precario estado económico. Y el deseo de Fran de disponer de su parte en la cuenta corriente.

—Cuánto es su parte —preguntó, de nuevo sin entonación.

Le respondí y no dijo nada. Aquel silencio me petrificó.

—¿Vas a ayudarme?

—¿Me queda otra alternativa?

—¿Desinteresadamente?

—¿Me queda otra alternativa? —repitió.

—Si me ayudas, si ayudas a tu hermano, te estaré toda la vida agradecida. Y no sé si después de esto me quedará algo aparte del sueldo, pero juro que viviré con esa deuda y siempre…

Alzó la mano y entrecerró los ojos. Me estaba poniendo demasiado melodramática sin quererlo, porque si él me ayudaba, los grandes problemas, los gigantescos problemas, se reducían a uno solo, al único importante, y ese, ese ya lo había asimilado yo mucho tiempo atrás.

Cuando llegué a casa, Damián se había encerrado en su habitación y Fran aguardaba tumbado en el sofá, bocarriba, con los ojos abiertos, sin leer, sin hablar por el móvil, quieto. En la posición que adoptaba cuando lo estrangulaba la enfermedad.

—¿Te encuentras bien?

No respondió. Me acerqué a tocarle la frente y me retiró el brazo de un manotazo.

—¡Fran!

Se levantó, iracundo, enrojecido, y temí lo peor.

—¿Te han dado los resultados?

Le temblaba la mandíbula.

—¿Dónde estabas?

—Cómo que dónde.

—¿Has estado todo el tiempo en el trabajo?

Me pilló desprevenida. Inerme, solo balbucí:

—Sí. Pero… ¿a qué viene…?

—¿Y se puede saber por qué han llamado para preguntarme?

—Qué.

—Lo has escuchado bien. No hace falta que repita cada frasecita dos veces. Ellos han sido los primeros sorprendidos cuando les he dicho que no estoy enfermo, que me encuentro perfectamente y que no has aparecido por casa. Porque les he contado todo eso. No me he callado nada.

—Fran…

—Y no me importa si hay alguien o no, lo que hagas o dejes de hacer. Eso me importa una mierda. Nuestra relación ya estaba perdida. Los dos lo sabemos, así que para qué seguir fingiendo. Lo que me parece lamentable es que te escudes en *tu pobre marido moribundo* después de lo que he pasado. Porque para ellos, según lo que has dicho, estoy al borde de la muerte.

—Fran, no… no es…

—Sí. Les has contado que estoy mal, muy jodido, a punto de palmar. ¿Cuántos días me quedan?

—No. No. No. Te equivocas, no…

—¿Para qué? ¿Dime para qué? ¿No tenías un modo más ruin de justificarte? ¿Pensabas que con tanto victimismo no ahondarían, no se enterarían jamás?

—Puedo explicarte qué ha pasado. —Pero no podía, no podía. Qué iba a decirle. Nunca he poseído el don de la improvisación. Aquel día menos.

Dijo:

—No quiero explicaciones. Solo quiero que veamos el modo de terminar esto.

—No. No puedes pensar en serio que yo…

—No pienso. Solo quiero que nos separemos. Punto. Final. Mejor ahora así que acabar tirándonos de los pelos. Valoramos la casa, el coche, lo vendemos todo y repartimos el dinero. Lo mismo que con la cuenta. Y así, cada cual sigue su camino.

Damián salió de su cuarto. Dijo:

—Quiero agua. —Y fue a la cocina. Regresó con el vaso entre las manos y volvió a meterse en la habitación.

Fran se había serenado un poco.

—No podemos seguir así, Victoria. Me perjudicas.

—¿Te perjudico? ¿Qué, qué significa que te perjudico?

—Me perjudicas. Lo pienso muchas veces. Demasiadas. No escribo con la pasión que debería. No me sale. No lo consigo. Y creo que solo avanzo cuando tú estás lejos, no lejos físicamente, lejos en todos los sentidos. Porque… porque pienso en… Bah. Da igual.

Hizo ademán de marcharse a su cuarto, pero lo detuve.

—No. No da igual. ¿Piensas qué?

—Pienso en lo mal que has llevado mi éxito. Lo mal que has encajado la admiración de la gente. Las críticas.

—¿Mal? ¿Qué querías que hiciera? ¿Qué fue lo que no hice?

—Desapareciste. No pudimos saborearlo juntos. Te esfumaste de golpe. Dejaste de ser tú. Como si no te alegrara. Como si no te importara. Después de lo que he luchado para conseguirlo.

—Yo sí he luchado para conseguirlo. No lo sabes tú bien.

Lo dije con toda la osadía. Consciente de mis palabras. Dispuesta a confesar, línea a línea, aunque unos segundos después me arrepintiera.

Repitió:

—Has luchado.

—Sí.

—Tú has luchado. ¿En qué has luchado tú?

—¿En qué? —dudé un instante. La de veces que me he arrepentido después. Apreté los dientes, cada vez más fuera de mí—. ¿En qué? ¿¡En qué!?

—Sí, en qué.

—¿¡En qué!? —Estampé las llaves en el sofá—. ¿Quieres que te lo diga?

Damián volvió a salir del cuarto. Dijo:

—Más agua.

Arrastraba los pies, plas, plas, plas, y se perdió en la cocina. Regresó con el vaso muy lleno, haciendo equilibrios, y se encerró de nuevo.

Fran le gritó cuando hubo cerrado la puerta:

—¡No salgas más!

Inspiré, espiré. Me había mareado un poco y me senté en el sofá.

—He luchado por ti más de lo que puede imaginar cualquier persona.

—Ya. Te lo he de agradecer todo. —Alzó los brazos—. ¡Ha sido gracias a ti! ¡Oh! ¡Gracias, gracias, muchas gracias! Y, sin embargo, fíjate, yo lo que siento es que mis buenas noticias son menos buenas cuando te las cuento. Mis ilusiones merman cuando tú las conoces. Mis triunfos se envilecen cuando hablamos de ellos. ¿Sabes por qué? ¿Sabes por...? —Tosió, y al limpiarse con el envés de la mano vi que se había manchado de sangre los nudillos—. Porque toda la vida he intentado compartirlas, que fueran comunes, para que se multiplicaran. Pero no has sabido asumirlo. Y eso lo tengo aquí clavado. Tan clavado que no soy capaz de perdonar.

Después fijó sus pequeños ojos en mí. La mirada del hasta nunca, cargada de enojo, pero también de infinita melancolía, antes de decir:

—He pedido a Idelf que prepare los papeles.

Me levanté como si no lo hubiera escuchado. Recogí una prenda del sofá. Creo que una camiseta. No sé. Le pregunté:

—¿Vas a entrar a la habitación?

—¿Por?

—Porque si vas a entrar, me marcho. No me apetece estar aquí en el salón. Y si no vas a entrar, iré yo.

Hizo un gesto como queriendo significar que no lo sabía.

—Deberíamos hablar de las condiciones.

Y yo pensé: «Las condiciones…», mientras me adentraba en la habitación.

No había condiciones pues no había nada que repartir, y si no se lo dije en ese instante fue porque me encontraba tan dolida y tan confusa y tan vejada y tan triste y tan sin fuerzas, tan hundida, tan idiota, que cualquier acto o cualquier palabra habría supuesto una idiotez que acabaría lamentando. Creo que fue la primera vez que comprendí en toda su magnitud el grandioso error cometido. ¿Cómo no se me había pasado por la cabeza que mis acciones derivaran en semejante tragedia? La respuesta ahora resulta sencilla: basta echar la vista atrás y recordar a Fran tumbado en la cama, conectado al oxígeno y a los goteros. Cuando una enfermedad siniestra y amenazante irrumpe en la vida de la persona que más quieres, lo das todo. Sin condiciones. No tengo por qué justificarme. Aunque muchas veces después me haya justificado para que la culpa no me convirtiera en una de esas locas horribles que caminan solitarias por la calle con el gesto torcido, insultando al primero que pasa.

Escuché la puerta de la calle y supe que Fran no había aguantado la soledad del salón.

Salí y marqué el número del Abogadísimo.

No me cupo duda de que su hermano había resultado determinante en nuestra separación. Siempre influía. Lo imaginé hablando con Fran, los dos solos, tomando una copa de una bebida tropical con mucho hielo en el porche de una casa —la de Idelfonso, que yo nunca había visto de verdad, aunque me la habían descrito muchas veces—, y a Fran contándole que yo no estaba a la altura de sus éxitos.

Le dije:

—Lo sabías. Sabías que se iba a separar de mí. Lo sabías ayer cuando nos vimos y no me dijiste nada, ¿verdad?

—¿Habría servido de algo?

—Ya. Qué galante. —Tardé un instante en proseguir—. ¿Y no habrás influido tú en *su decisión*?

—¿Yo? ¿Yo por qué?

Odiaba esa fingida ignorancia. Porque a Idelfonso podía atribuirle muchos defectos, pero no el de la ingenuidad.

—Mira, Victoria. Entiendo que estés así después de todo lo que has hecho. Lo entiendo muy bien, pero no dispares donde no corresponde. No te equivoques. Busca donde tengas que buscar. Busca.

«Busca». Lo dejó caer así. Con la sutileza de un flamante abogado que gana la mayoría de pleitos. Y no lo dijo sin querer. Ni por rabia. A él no le podían esas bajezas. Se trataba de su pequeña despedida. La despedida que yo merecía después de nuestras conversaciones, mis errores y tantos años de rechazo disimulado con hipócritas sonrisas. Y caí en la trampa. Habría sido fantástico que respondiera con indiferencia. Pero resultaba demasiado doloroso para permitir que el señuelo pasara desapercibido.

—Que busque donde tenga que buscar. ¿Qué quieres decir con eso?

—No quiero decir nada. Busca bien antes de echar la culpa a los demás.

—¿Que busque? ¿En tu hermano?

Pareció sorprenderle mucho mi pregunta.

—¿En mi hermano?

Su sibilino juego. Ahora lo imagino, sonriendo cada vez que yo hablaba.

—¿Estás insinuando que es mi culpa?

—¿Tu culpa…? Sinceramente, Victoria, no creo que haya sido tu culpa.

Me dolió tanto la respuesta… Aún me duele. Aquella condescendencia coronada con:

—Tu culpa no, pobrecita, solo falta que te eches la culpa.

No dijo más, pero resultó suficiente. No era culpa de Idelfonso. Ni de Fran. Ni mía. ¿Se podía obrar con mayor sutileza para insinuarlo?

El resto de la mañana la pasé buscando huellas. Entre los papeles de Fran donde yo nunca revolvía. En el ordenador. En su correo. No necesité una gran investigación.

Encontré tantos mensajes delatores que me llevaría muchas páginas transcribirlos. Se llamaba… Qué importa eso. Tardé un tiempo en comprender en qué momento había aparecido en su vida y por qué. La recordé en la agencia de viajes, hablando con diminutivos, riéndose sin causa, con la novela de Fran firmada entre las manos. Y no pude reprimir la idea de que, de una u otra manera, si no hubiera sido por mi intervención divina, esa relación no habría existido jamás en nuestras vidas.

En sus mensajes con ella, a veces él hablaba de mí. De la incomprensión, de lo que me había explicado unas horas antes para que yo cargara con el peso de la ruptura, del dolor, y él saliera indemne. Victoria nunca supo estar a la altura de mis logros. Se fue hundiendo poco a poco en el légamo del anonimato por vergüenza, por miedo, por inseguridad, por desidia, por ¿envidia quizá?...

Y en una de aquellas ráfagas de conversaciones cruzadas ella respondió: «Hay mujeres que no saben aceptar ese papel tan importante de *secundonas*». Y me di cuenta, no sin cierto dolor, que había escrito «*secundonas*», y que lo repetía después, unas frases más abajo: «Pero yo sé ser *secundona* si hace falta, maestro». Y que él no la corregía como me habría corregido a mí, al resto de la humanidad, en los tiempos en que era Fran y no un fantoche.

Seguí leyendo hasta bien entrada la tarde, la madrugada, y supe que ya no vendría a dormir, que ni siquiera había espacio para el enfado o el distanciamiento en nuestra casa desde hacía mucho tiempo. Imaginé que esa misma noche caía en los brazos de la *secundona*, no a llorar, sino a amarse, y que nuestros años de felicidad juntos desaparecían con el primer beso.

Esperé en el sofá a que regresara. Como me había resultado imposible conciliar el sueño, había madurado durante horas, con la rabia contenida y el dolor anestesiado por la venganza, lo que pensaba revelarle, y en cuanto llegó, le dije:

—Siéntate.

Supuse que le había sorprendido mi entereza, que esperaba una reacción implorante, de *secundona* que no ha sabido adaptarse al ignominioso papel. Andaba con el rostro nublado y se dejó caer a plomo, como a la espera de una sentencia.

—Voy a ir directa a lo que interesa porque no tengo ganas de hablar contigo mucho más tiempo.

No se fijó en mí. Se le había perdido la mirada en un lugar lejano. Se recostó sobre el respaldo y se llevó las manos a la cara. Me dio la impresión de que había hablado con Idelfonso, que su hermano ya le había confesado la mentira de su éxito. Las falsas ventas. Las falsas críticas. Los falsos elogios. Lamenté que hubiera ocurrido así, porque deseaba ser yo quien le diera la noticia.

Yo.

—En estos últimos meses he cometido muchísimas locuras, no puedes imaginar cuántas. Tú has dicho siempre que la sociedad es cruel, que destruye a los bondadosos y se ensaña con ellos. Me he acordado tanto de eso...

Se llevó las manos a la cara. Continué.

—Y lo único que te salva es que estoy convencida de que tú habrías hecho lo mismo por mí. Bueno, tú no, el de antes. No el monstruo. No el Fran que creé sin quererlo.

Seguía con la mirada perdida, muy lejos.

—El monstruo que ha acabado con lo que amaba. Lo que amábamos. No imaginas el sacrificio. El sacrificio. El sacrificio que… Preguntabas ayer qué había hecho yo, cómo había colaborado en tu éxito, pues te lo voy a decir…

Hizo un gesto confuso indicando que no deseaba escuchar más y se levantó para marcharse a la habitación.

—Eh. ¿Dónde vas? ¿Dónde vas? Escúchame.

Lo sujeté por el brazo, hizo ademán de proseguir y lo detuve de nuevo. Se zafó.

—¡Déjame en paz! —Y entró a la habitación. Puse el pie para evitar que cerrara y entonces forcejeamos un poco, hasta que me dio con la puerta en las narices.

Me quedé fuera, en el salón, grité. Maldije a Fran. Y también al hijoputa de Idelfonso, que ni siquiera me había dejado el placer de confesar a su hermano la verdad. Revelar la historia le evitaba bastante trabajo: el ingreso, perder el tiempo buscando argucias legales para deshacer los contratos... Ya podía retornar con cierta tranquilidad a la tierra paradisíaca de su hermosa May y sus exquisitos hijos o a sus importantes clientes o negocios interrumpidos.

Sin pensarlo dos veces, cogí el móvil y marqué su número. Me situé cerca de la puerta porque deseaba que Fran me escuchara, lo escuchara todo, aunque todavía no supiera muy bien qué iba a decirle.

Sonaron los tonos y la pausa antes de que respondiera Idelfonso con un «sí» apagado. Empecé a vomitar palabras que llevaban años escondidas. A gritarle lo tantísimo que lo odiaba. Él me interrumpía:

—Victoria…

Pero yo no tenía ganas de callarme.

—Victoria… —repitió. Y luego más veces, pero yo me sentía tan engañada que seguí con el discurso, elevando cada vez más la voz, hasta que escuché al Abogadísimo gritar. Y lo sentí como algo más que mi nombre: «¡¡Victoria!!». Él, abandonando al fin sus escrupulosos modales. Y solo entonces me detuve, y el mundo también pareció detenerse alrededor cuando añadió:

—Ha despertado.

X

«¡Cómo expresar mis emociones ante aquella catástrofe, ni describir al desdichado que con tan infinitos trabajos y cuidados me había esforzado en formar!».
Mary Shelley. *Frankenstein o el moderno Prometeo*

No estoy segura de reproducir los hechos posteriores con la concreción precisa de tiempo. Si repaso las fechas en el calendario, sucedieron en apenas unos días. Pero en mi cerebro se han apelmazado y los siento como una eternidad.

Por la mañana sonó el móvil, con el teléfono de la oficina. Llamaba directamente Germán.

—No vengas más.

—Cuando te cuente la verdad…

—No. No me cuentes nada. No vengas y en paz. Y si quieres denunciar nos vemos en Magistratura.

Apenas habían pasado unos minutos y Fran salió de la habitación con la pequeña mochila del Amazonas, sin mirar a ningún lado. Supe enseguida dónde iba y me entristeció su escaso ajuar para un viaje que podía ser tan largo.

—Te acompaño.

Pensé que replicaría, pero continuó caminando en silencio, ajeno a mis palabras.

Llamé a Damián, que seguía encerrado en la habitación desde la orden de Fran, y le dije:

—Voy con tu hermano al hospital.

—Yo también.

—No.

—Sí. Yo también.

No hubo manera de convencerlo. Así que fuimos los tres. Al llegar, un celador se llevó a Fran y dijo que nos avisarían cuando dispusiera de habitación, lo que sucedió casi dos horas después. Lo habían conectado de nuevo a los goteros.

—Qué te han dicho —dije.

Se había establecido una tregua en nuestra guerra matrimonial.

—Me van a hacer más.

No entendí a qué se refería. Si más pruebas o más sesiones de quimio. No le pregunté. Se sumía en largos y pesarosos silencios con los ojos cerrados, y a mí no se me ocurría decir nada.

Más tarde llegó Idelfonso. Había pasado antes por la cafetería y llevaba unos sándwiches en la mano.

—¡Ah! —exclamó al verlo. Y después, la impostura—: He hablado con el médico. Van a examinar las pruebas para ver si te operan ya; si es así, en unos días te envían a casa; y si no te operan, un poco de tratamiento y a casa también. A casa.

Lo importante era repetir «casa», y yo pensé que, para Fran, la palabra ya no le evocaría un plácido refugio de bienestar. La casa que ya nunca sería nuestra, no por mi mala gestión con Ester y su inversor, sino porque había dejado de pertenecernos a los dos. Ya no se trataba de nuestro hogar de tristezas y alegrías, de pequeños detalles, nuestro hogar con chimenea y mancha de hollín en el techo de la terraza, con despacho y plomiza mesa de madera, con azotea desde donde mirábamos titilar las estrellas.

Se había convertido en un territorio hostil, el campo de batalla de las últimas confrontaciones. Un espacio gris donde solo quedaban los restos de lo que fuimos, con Damián paseando su languidez de la habitación a la cocina, de la cocina al sofá, del sofá al baño, del baño a la habitación.

Y en tal situación, ¿debía yo realizar las visitas de protocolo propias de la ex, o abandonarlo sin más?

No me encontraba bien junto a Idelfonso —a quien presumía ansioso por marcharse a sus juegos de reuniones y negociación—, no me encontraba bien junto a Damián y, sobre todo, no me encontraba bien junto a Fran. Pero por la herida, aún tierna, supuraban gotas de pasado, quizá de obligación más que de recuerdos hermosos, de responsabilidad tras tantos años compartidos. De condolencia.

Después pasó el médico y dijo todo lo malo que se podía decir. Nos quedamos mucho tiempo callados. Hasta al Abogadísimo se le acabaron las palabras. Lo cogió de la mano y permanecieron así, un rato largo. Mirándose solo.

Fran se durmió. Salí al pasillo y el Abogadísimo abandonó la habitación al cabo de un rato. Se colocó junto a mí. Entrecerró los ojos, me puso la mano en el hombro y después la retiró.

Seguía exhibiendo aquel odioso cinismo. Habíamos llegado a un punto en que ya no quería que me ayudara. Ni con dinero, ni con información, ni con negociaciones. Deseaba que desapareciera de mi vida. Que solo quedara de él un recuerdo. Un mal recuerdo. Como el de Damián. Iban en el mismo paquete junto al deterioro de mi relación matrimonial.

—Ya no te necesito, tranquilo, Idelfonso. Por mí, todo está acabado. Ahora da igual. Me he hecho mala. —Sonreí—. Si mi prima Ester no puede ayudarme más, pues también pagaré las consecuencias, no pasa nada.

—Tu prima Ester…

Una de esas frases de asentimiento que continúan tras el silencio. Había algo detrás. Idelfonso deseaba contármelo, aunque para ello fuera necesario que yo dijera:

—Mi prima Ester qué.

—Tu querida prima Ester es la pareja de ese inversor. Así que no creo que te ayude demasiado.

No me sentó tan mal como pudiera pensarse *a priori* y no le di el gustazo a Idelfonso de exclamar: «¡Oh, he sido engañada una vez más, qué tonta!», «Menos mal que tú, omnisapiente abogado, has descubierto la verdad». Solo dije:

—Ya no importa demasiado lo que ocurra con la vivienda, y respecto a la indemnización del anexo… no la iba a poder pagar de todos modos, y, además, me han despedido.

Y me entró risa, allí, en el pasillo del hospital donde aguardábamos el crítico desenlace de la enfermedad de Fran, frente al poderoso Idelfonso, que me había intimidado toda la vida. Y seguramente pensó que me había vuelto loca o algo por el estilo, pues aquellas carcajadas provocaron tal gesto de perplejidad en él que, con el transcurso de los meses, he aprendido a regodearme del momento. El mejor momento de aquella época nefasta.

Idelfonso regresó a una de sus reuniones urgentes e ineludibles al otro lado del charco y yo a la habitación. Seguía cuestionándome si permanecer allí o si ya estaba de tránsito cuando apareció ella. Con su melena tintada de rubio y su naturalidad artificiosa.

Entró con la suficiencia de quien se considera dueña, ignorando mi primer puesto en el *ranking* de allegados. Dejó el abrigo en el reposabrazos donde se encontraba Damián y se dirigió a la cama para besar a Fran, que correspondió con una sonrisa y ni siquiera me dignó una discreta confesión: «Ahora estoy saliendo con ella»; lo dio por supuesto, como si supiera que yo había escarbado en sus correos y conocía la primicia.

No me cupo duda de que había llegado el momento de marcharme. No de marcharme de allí, del hospital, sino de marcharme de su vida.

Habían comenzado a hablar en voz baja y me molestó no escuchar sus palabras, las palabras que solo ellos compartían, así que intenté mostrar naturalidad. Me acerqué a la cama, me entrometí entre la *secundona* y él, le di un beso, también en la mejilla, y le dije:

—Adiós.

Él asintió con cierto cariño —condescendiente, resignado, dramático—, y creo que no reparó en el cariz de aquel «adiós», no pasajero sino definitivo.

—¿Te llevas a mi hermano?

Damián, al escuchar que se referían a él, se levantó.

—No —dije, e intenté mantener la sonrisa, lo que me costó mucho en tal circunstancia—. No puedo.

Dos días después llamaron del hospital y me pidieron que acudiera. No me dieron mucha más información y, a pesar de que aseguraron que Fran permanecía estable, me llevé un buen susto.

Cuando llegué, Damián se encontraba sentado en el mismo butacón y no me cupo duda de que Fran se había enfadado. Se le notaba en las respuestas, en el no mirarme. Supongo que esperaba que me rindiera a sus pies y agotara mi papel mártir al margen de los sentimientos, porque lo primero que dijo fue:

—Damián ha estado aquí dos días.

Pensé en responder: «¿Y?».

—Le han tenido que dar comida del hospital.

Damián se levantó y dijo:

—Sí.

—Porque encima nos dejaste sin dinero.

—¿Cómo que os dejé sin dinero?

—No llevo dinero y él no lleva dinero.

Metí la mano en el bolso y comencé a rebuscar. Fran alzó el brazo y protestó:

—No. No quiero que le des dinero ahora. Quiero que lo lleves a casa.

—A qué casa.

—A la nuestra.

—Quieres que esté yo allí con él.

—El tiempo que permanezca yo ingresado, sí.

—Sí —repitió Damián.

Por un instante, estuve a punto de ceder. Damián de pie, esperando salir. Fran con la cacharrería hospitalaria de los goteros.

—Lo puedo llevar a casa de la Tita.

—No —dijo Damián.

Fran entrecerró los ojos. Se llevó la mano a la cara. Susurró:

—Joder...

—No —repitió Damián—. A casa de la Tita, no.

De nuevo dudé y nos adentramos en uno de esos silencios cortos que se agrandan en la memoria.

—Te lo llevas a casa.

Lo dijo de tal modo, con tanta suficiencia, que aquel mandato solo podía provocar rebeldía. Seguí rebuscando en el bolso, saqué unas monedas y se las entregué a Damián.

—Ve a comprarte algo de comer en las máquinas de abajo.

—¿Y de beber?

—Sí, también de beber.

Alzó el pulgar en un gesto de agradecimiento, sonrió y creo que me dio una palmada en la espalda antes de marcharse.

No disponíamos de mucho tiempo, pero, aun así, permanecimos un rato sin hablar. Hasta que dije algo como:

—Yo ahora no tengo por qué hacerme cargo de él. No me quedan ganas ni fuerzas para eso.

—Pues aquí no puede estar. Ya me lo han dicho —ni siquiera me miró—, así que haz el favor de una puta vez.

Respondí tranquila, ajena a su coraje, y no puedo negar que con cierta satisfacción.

—Pídeselo a la de la agencia o, mejor, a tu hermano Idelfonso.

Amarré el bolso y me di la vuelta. Antes de cruzar la puerta, me fusiló con un:

—Ya. Has decidido joderme.

—¡No! Solo quiero rehacer mi vida.

—Tu vida…

—Sí. Mi vida. Porque eso es lo que hemos elegido. Lo que elegiste tú. Que cada cual hiciera su vida. Sin atender a razones.

—Tu vida… —repitió y se dio la vuelta, lentamente. Al removerse en la cama, se le escapó una mueca de dolor y enseguida llegó Damián, con un refresco en una mano y un sándwich en la otra, respirando con dificultad, algo sudado, como si hubiera venido corriendo.

—¿A que no he tardado?

Fran había fijado la vista en la ventana, con el rostro iracundo de los grandes enfados.

No me despedí de él, salí con sigilo, esperando que en el pasillo me abordara la voz de Damián, pero llegué a los ascensores sin que me llamara.

Apareció en casa por la tarde.

—Fran ha dicho que venga. Que la casa es tan suya como tuya.

—Ya. —Me dio un gran coraje y comencé a recoger lo imprescindible en una pequeña maleta, aunque no sabía muy bien dónde ir—. Pues dile que entonces quien se marcha soy yo.

—¿Y yo?

Se quedó en la puerta. Su mera presencia me irritaba. No era su culpa, pero me había —nos había— sacado siempre de quicio, aunque nunca como en aquellos días.

Abandoné con un portazo y acudí directamente a la oficina bancaria en busca de algo de dinero. Para mi sorpresa, los primeros derechos de autor de *Si titila es una estrella* habían llegado, ¡en qué bendito momento! Lo que no encontré fue el hipotético ingreso de Idelfonso. Pero he de reconocer que, por esta vez, el destino había dado una solución dulce y coherente a mis problemas colocando en la cuenta el dinero de los derechos que tanto me correspondían, en vez de la limosna del Abogadísimo.

Me alojé aquella noche en un hostal. Me dolía la cabeza, detrás, en la nuca, como si me estuvieran metiendo un clavo a golpe de martillo, y recuerdo que no dormí, o dormí a ratos mientras la cisterna del baño goteaba y las tuberías del edificio bramaban cada vez que alguien abría un grifo.

Acudí a la agencia de Ester al día siguiente. Antes de que dijera cualquier estupidez, solté a bocajarro:

—No voy a pagar.

Magnificó un gesto de sorpresa con gran histrionismo.

—Pero Victoria, por favor, ¿cómo que no vas a pagar? ¿No has conseguido el dinero, no...? No puedo ir al inversor y decirle...

—Tú sabrás cómo convencerlo.

—La única manera de convencerlo es cumplir el contrato. No va a aceptar otra renovación y yo no pienso planteársela. Ya te dije que me juego el pan y el prestigio y...

—Al fin y al cabo, igual el piso es para ti.

—¿Cómo que para mí?

—No sé. Para que folléis allí lo que os dé la gana, vuestro nidito de amor en el centro.

Apretó los dientes. Dijo:

—Pero qué... —Cruzó los brazos—. Increíble.

—Sí. Increíble. ¿Recuerdas cuando teníamos catorce, quince años? Lo amiguísimas que éramos entonces, que siempre estaríamos juntas, que si alguna sufría un problema nos teníamos la una a la otra, porque como no teníamos hermanos...

—A qué viene eso ahora...

—Te has aprovechado de mi situación, de la enfermedad de Fran. Te has aprovechado para asfixiarme, aunque supieras lo mal que lo estaba pasando.

—Hice lo que tú, ¡tú!, me pediste. Y siempre advirtiéndote.

—Sabes que has obrado mal. Rebajasteis el precio a pesar de lo que yo necesitaba, has seguido apretándome sin ninguna compasión solo para...

—¡Vete! —gritó. Y el resto de los trabajadores de la oficina alzaron las cabezas.

Antes de que me fuera, añadió:

—Y yo que tú estaría atenta a las notificaciones.

Una semana y media después, me citaron por telegrama, con la severidad propia del lenguaje jurídico, en cierta notaría céntrica para *elevar a público* nuestro contrato de compraventa. La parte privativa correspondiente a mi cincuenta por ciento y la liquidación de los tres mil euros por el aplazamiento.

No acudí y, esa misma mañana, recibí una llamada de Fran. Le habían dado el alta a la espera de más pruebas y había llamado a la oficina bancaria.

—No has hecho el ingreso.

La primera respuesta que me vino a la cabeza fue: «Tu hermano no lo ha hecho». Insistió:

—¿Por qué no lo has hecho? Tienes las narices de dejarme tirado con Damián en el hospital, pero el ingreso no lo has hecho.

—No.

—¿Y dónde está el dinero? Porque el depósito tampoco existe. Dicen que lo has ido sacando poco a poco.

No sabía qué responder. ¿Tenía sentido seguir mintiendo? ¿Y valía la pena?

—Si quedamos te lo explico todo con calma.

—No. No vamos a quedar. Y no quiero que me expliques nada. Solo quiero que me digas dónde y ya está. ¿Dónde está?

—No está.

—No está.

—No.

—Bien. Bien —repitió—. No quiero que esto acabe a… No quiero llamar a mi hermano porque entonces será peor.

—No quieres llamarlo porque te da vergüenza, por eso no lo quieres llamar, el gran escritor caído del cielo… ¡Oh! El escritor que se iba a comer el mundo, que iba a ser más grande incluso que el inalcanzable Idelfonso. Ahora que has saboreado la miel, te avergüenzas de…

Me colgó. Tardó varios minutos en llamar de nuevo. Gritaba y se le escapaban gallitos en la voz.

—¡Has sacado también los derechos! Mis derechos. No voy a tener paciencia y no…

Se le acabaron los argumentos y empezó a insultarme. Un Fran tan distinto al que había conocido… Pero ese Fran existía, había existido siempre; se encontraba allí dentro, agazapado, hasta que había frotado yo su sensibilidad y el genio había aparecido. Incluso me dio miedo que al final concertáramos la cita, que se dejara vencer por la ira o no me creyera cuando le confesara la verdad. Esta vez fui yo la que colgué. Se había convertido en un loco que solo aullaba barbaridades.

Me llamó enseguida y, aunque apreté el botón verde de respuesta, no hablé. Me quedé escuchando cómo se desgañitaba, escupiendo una amenaza tras otra. Y cada barbaridad, cada insulto, suponía una pequeña porción de alegría. Una alegría sanadora después de tantos meses de desdicha. Volví a colgar y el teléfono sonó una vez más. Su nombre centelleaba en la pantalla: AA Fran, AA, doble A, la persona más importante de mi vida, AA. Creo que permanecí todo el tiempo mirando cómo parpadeaban las letras, una vez y otra, con la mente en blanco, en la horrorosa habitación del hostal, en la que se escuchaba gota a gota el doliente sonido de la cisterna.

Por la tarde, me siguió llamando. Envió wasaps:

«Coge el teléfono».

«Esto es serio, muy serio, vas a meterte en un buen lío».

«Victoria, estoy sin un clavo. No tengo ni para comer, así que no me hagas perder los nervios».

«Estoy jodido. Jodido de salud y sin nada».

Después se cansó. Sentí cierto alivio, pero también un vacío doloroso.

¿Qué iba a suceder a partir de ese instante? ¿Me buscaría hasta encontrarme como había dicho en algún momento, no sabía si por wasap o por teléfono? Y cuando me encontrara, qué. Cabía esa posibilidad. Yo no me alojaba muy lejos de casa, tampoco me quedaba mucho dinero. Aunque había liquidado dos meses por anticipado en el hostal, el alojamiento pronto se extinguiría.

Las llamadas de Fran se espaciaron, los mensajes se tornaron aún más alarmistas y amenazantes, pero remitieron poco a poco hasta el silencio.

Transcurrió así un periodo de tres semanas en las que mi vida se convirtió en un insulso transitar por lugares y recuerdos, arrepentida y avergonzada de cada uno de los actos con los que había intentado alegrar sus últimos días, reprochándome una y otra vez esa misericordia que me había derrotado y que, vista desde la distancia, me transformaba en estúpida. Un sentimiento que se cortó de súbito cuando recibí el mensaje de Idelfonso.

«Mi hermano está muy mal».

Pregunté: «¿De salud?», porque no sabía si se trataba de una de esas verdades incompletas a las que tan aficionado era mi cuñado, una de sus estrategias con las que pretendía establecer contacto y que escondía solo el sentido parcial de una frase del estilo: «Está pasando una mala racha económica».

Pero contestó: «Sí, de salud».

Entonces ya no me cupo duda y, en vez de seguir escribiendo, lo llamé. Me contó que Fran había vomitado sangre y que lo habían vuelto a ingresar.

—No sé si procede que vaya.

Idelfonso dijo:

—Eso ya es cosa tuya.

Me subió toda la angustia de golpe y fui yo, también, la que estuve a punto de vomitar.

—Supongo que estarás al tanto de que no he querido verlo y que no tiene recursos y que…

Me interrumpió para decirme que Fran le había pedido dinero y que le había contado nuestras discusiones telefónicas y que yo no le cogía el teléfono. Escuché la mecánica voz femenina que anuncia las salidas y las llegadas en los aeropuertos. Los retrasos.

—Este ha sido el premio por mi desinteresado esfuerzo.

No replicó. Solo dijo:

—Yo estoy embarcando. Si no vas ahora, puede que no lo veas más.

Frente al espejo doblado del baño, mientras la cisterna continuaba con el ininterrumpido goteo, me adecenté para la última cita. Había dejado a un lado el ninguneo, las broncas, la *secundona*, los insultos, como si aquel potaje de inmundicia se lo hubiera tragado una vez más la enfermedad, y acopié fuerzas para mantenernos unidos antes de que se marchara para siempre, por los años y años de convivencia, por las horas de querernos solo con miradas. Los dos habíamos cometido errores, los dos nos habíamos dejado llevar por la situación, por la amenaza que provoca la derrota; pero nuestra gran derrota solo sucedería si la serenidad sucumbía al miedo, a las consecuencias del miedo.

Eso fui pensando mientras veía correr la vida por la ventanilla del autobús, esa vida tan cercana a los paseos, las risas, las pequeñas ilusiones, los fugaces viajes, las estrellas titilantes...

Cuando llegué a la habitación, Damián se levantó para mirarme con los ojos redondos y negros que resaltaban más que nunca en su cuadrada cabezota. Fran, inconsciente, conectado a la máquina de oxígeno, respiraba con gran dificultad. El médico pasó una hora más tarde para decir lo que ya había anticipado Idelfonso por teléfono: que ya no hablaba. No comía. Que aquellos eran los hitos naturales antes de la muerte, el camino de la despedida.

Me aferré a su mano, aguijoneada por las vías, esperando una ilusoria respuesta. A su lado, apoyado en la barrera lateral de la cama, de pie, se encontraba *Si titila es una estrella,* y me pareció un pequeño triunfo en medio de la miseria.

Nuestro triunfo.

El triunfo de Fran.

Mi triunfo.

No fui consciente de cuándo dejó de respirar. Damián dijo:

—Tete...

Y no me cupo duda de que se había marchado para siempre. Llamamos a la enfermera, que entró a mirarlo y asintió con la cabeza, abracé a Damián y los dos lloramos a intervalos hasta que Idelfonso llegó unas cuatro o cinco horas después. Lo habían bajado al depósito, por lo que no aterrizó a tiempo para verlo con vida. En el tanatorio vi que hablaba por teléfono e imaginé a su May en la terraza de la casa colonial, con una copa en la mano y un pareo estampado diciendo algo así como «Vaya, lo siento, Idelfonso, sé que lo querías un montón, era el pequeño de los tres, ¿no?» mientras los niños corretean por el jardín y una mucama dice: «Niños, ya está bien, hagan el favor». Pero eso, eso solo forma parte de la ficción.

Esa misma ficción de la que hablaba Wilde, esa ficción en la que los buenos terminan felices y los malos desgraciados.

Epílogo

> «Un ser humano perfecto debe conservar siempre una mente tranquila y serena, y no permitir jamás que la pasión, o un deseo transitorio, turben su tranquilidad».
> MARY SHELLEY. *Frankenstein o el moderno Prometeo*

Lo incineraron al día siguiente, en un acto tan fugaz y triste como nuestros últimos momentos juntos. Nos acompañaron algunos amigos de toda la vida. No estaba Munodi, el hombre que había organizado la red de compras para catapultarlo al éxito, ni el señor Rodrigo, ni el editor de ojos mansos.

Tampoco la *secundona*.

Tras las exequias, Idelfonso pensó que Damián debía *hospedarse* en una residencia porque «resultaría perjudicial para él tanto cambio, llevarlo a un país extraño y ajeno, de costumbres tan distintas a las nuestras», así que allí permanece internado. Le dan de comer, incluso goza con la compañía hablando de sus cosas con los otros internos: un montón de viejos dementes que no se enteran de nada. El añadido «un montón de viejos dementes que no se enteran de nada» es mío, pero el resto de palabras y la hipocresía son exclusivas del Abogadísimo.

Ahora han pasado dos meses, casi tres. Durante las últimas semanas he trabajado en el relato, nacido también como un vómito de sangre, con el único ánimo de que sirva de testimonio y me ayude en esta situación en la que intento sobrevivir, cargada de deudas, acosada por unos y otros, con la amenaza terrible de la penuria por un lado y el brazo ejecutor de la justicia por otro. Si hubiera pedido ayuda a Idelfonso ahora me asistiría uno de los mejores abogados del mundo y aumentarían mis posibilidades de ganar los pleitos. Pero he pensado muchas veces que si fui capaz de salvar con dignidad una situación en la que todos los elementos —empezando por la supervivencia de Fran y terminando por su fugaz amor por la *secundona*— se pusieron en mi contra, no voy a sucumbir ahora que él ya no está.

Sin duda, mi vida ha cambiado mucho. Una semana después de la muerte de Fran, la editorial interpuso —he aprendido bastante terminología jurídica— una denuncia contra mí por la *supuesta* creación de una red de compras con el objeto de crear el ficticio éxito de la novela *Si titila es una estrella.* Un engaño intolerable que solo se justifica por el sentimiento que lo sustentaba. Un engaño que ahora *el mercado* conoce —el mercado siempre es el engañado— y que ha provocado cierto sentimentalismo y una inusitada expectativa por una historia aún no escrita.

No puedo soslayar la certeza de que este siempre fue su juego. Lo que pretendieron desde el inicio. El editor de ojos mansos. El señor Rodrigo. El consejo. La gran apuesta de la editorial no fueron las exiguas ventas que aseguraba mi red de compras, sino lo que llegaría después, cuando Fran muriera. A partir de ahí, ya podían sacar a la luz pública lo que había sucedido, demandarme, que el mercado se sintiera atraído por la historia, no la de la novela, sino la tangencial en torno a su éxito.

Mi abogado, un muchacho de veintitrés años que procede del turno de oficio, dice que la demanda de la editorial es solo un paripé; lo dice así, con esa palabra que tanto odiaba Fran, «paripé» o «papel mojado», y afirma que no les interesa en absoluto —dice también «en absoluto»— pleitear contra mí. Solo se trata de un juego que debemos seguir.

—Pero ellos son mucho más culpables que yo. El engaño solo tenía sentido para Fran. No para millones de potenciales lectores, ahora que él ya no está.

Responde que no es malo que todo el mundo sepa lo que sucedió, mi sacrificio, los momentos duros, la ansiedad, los agobios financieros, el dolor que día a día fue corroyéndome, y que todo eso es cierto.

Eso mismo opina Anne R., con quien he tenido el placer de reunirme en varias ocasiones, porque «ahora es el momento, Victoria, ahora. El momento de sacar la segunda parte. La gente necesita conocer cómo creció la *rutilante carrera literaria*, debemos poner en circulación esa novela que él no consiguió escribir, porque no era su novela, Victoria. No era su novela sino la tuya, la tuya. La auténtica novela de éxito».

... No escribas eso, no escribas que muere —insiste Victoria—. Es muy triste.

Él sigue leyendo, recostado en la cama, un montón de folios que va dejando sobre la mesita. Ella insiste:

—¿No puedes salvarlo?

Fran le acaricia la cabeza mientras piensa: «Nadie puede, del mismo modo que nadie puede salvarte a ti».

Agradecimientos

A toda la buena gente que de una u otra manera ha colaborado con correcciones o recomendaciones, y en especial a Carmen M. Giménez, Lou Valero, Ana Martínez, Rosa Huguet, Virtu López, Suni Barreda, Carolina Huerga, Jorge Marco, Toni Cubillos, Javier Ortega y, por supuesto, a Maribel Romón.

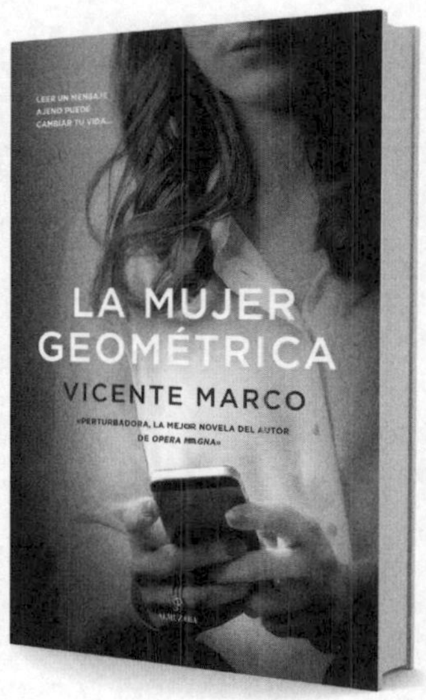

«La trama va avanzando como los tentáculos de una bestia ambiciosa, dispuesta a devorar y a llevarse por delante a quien sea (...) Vicente Marco acumula experiencia suficiente como para saber de qué forma jugar con la paciencia, o la tranquilidad (e incluso con la libido en este caso) del lector». Antonio Parra Sanz, EL QUINTO LIBRO

«Una obra que contagia la sensación de estar caminando sobre un precipicio». Evaristo Aguado, TODO LITERATURA

La impresión de *Una novela de éxito*, por encomienda de Berenice, concluyó el 15 de marzo de 2022. Tal día del año 1937 fallece H. P. LOVECRAFT, escritor estadounidense considerado un maestro del género de terror, al que renovó y aportó toda una mitología propia apartándose de las consabidas historias de horror sobrenatural.